Luna llena ha recibido varios premios, entre ellos:

Mejor Novela Romántica en español,
2009 International Latino Book Awards

Mejor Primer Libro en español,
2009 International Latino Book Awards

Mención honrosa por Mejor Novela Dramática
en español, 2009 International Latino Book Awards

Reconocimiento a su talento,
Rotary Club de Córpac, distrito 4450, Lima, Perú

Reconocimiento otorgado por Peruvian-American
National Council (PANC), 2009

Reconocimiento otorgado por el Comité
Honorario Orgullo Peruano, 2009

Mejor narrativa, Premio Arte 2009

Carmela Escobar

Luna llena

Cabalgando sin riendas

Mejor Novela Romántica
en el "International Latino Book Awards"

Luna llena. Cabalgando sin riendas
de Carmela Escobar

Edición al cuidado de la autora
Diagramación y portada: Walter Ventosilla

Segunda edición, agosto de 2009

13 ISBN 9780615310633
10 ISBN 061531063X

Impreso en Estados Unidos
Printed in USA

A mi abuela, padres, hermanos
y especialmente a mi esposo Lukasz,
y a mis hijas Sofía y Gabriela,
por su apoyo incondicional.

ÍNDICE

I

Allí yacía él, maloliente, ebrio, vestido con un traje raído y sucio que daba la impresión de no haber sido lavado en meses. Inconsciente, permanecía sin percatarse de lo que sucediera a su alrededor. La policía no lo quería allí pero nadie se atrevía a tocarlo. Era un estropajo, una aberración humana.

A Emilia le costaba creer que ese hombre fuese el mismo que había despertado en ella esa pasión hasta entonces ignorada y esos sentimientos que no sabía que pudieran existir en ella. ¿Había sido un sueño? ¿O más bien una pesadilla? Pero los sueños no duraban años, peor aun, décadas. Y soñar no dejaba huella en el alma.

Emilia pensaba ahora en Regina. Qué gran recordatorio de toda esta pesadilla. Era increíble que una criatura tan dulce le trajera a la memoria tantos sentimientos encontrados. Ella la adoraba. En realidad, la adoración era mutua. ¿Y qué hacer? ¿Dejarlo perderse en su mundo de ebriedad y desquicio o buscar ayuda? Ya había gritado y llorado lo suficiente; es más, sus ojos ya no tenían lágrimas y su garganta ya no emitía gritos. Era el fin. ¿Podría algún día llegar a olvidarlo? ¿Era justo que Regina y ella no pudieran gozar de su presencia como cualquier otra familia? Tantas preguntas y nadie que pudiera darle una respuesta.

Al mismo tiempo, la vida no era tan horrible todo el tiempo. Pésaro le brindaba mucha alegría; vivir allí era como estar de eternas vacaciones. Aunque Regina no estaba con ella, hablaban casi a diario por teléfono y se visitaban a menudo. Pero Emilia ya no era la joven de antes y encontraba su casa demasiado grande. El vacío era enorme, quería a alguien en su vida. A veces se avergonzaba de sentir ese deseo. La manera como la habían educado le decía que debía sentirse satisfecha de tener una hija que la adoraba. Sí, pero eso le sonaba demasiado conformista, y Emilia nunca había sido así. Entonces, ¿qué hacer? ¿Buscar a alguien? ¿Salir, pasear, conocer, exponerse al mundo exterior? ¿Habría mercado para ella? ¿Una mujer de cincuenta y tres años buscando novio? Quería compartir su sentir con alguien, pero no quedaba nadie. Regina estaba volcada en su matrimonio.

Después de mucho pensar, la respuesta estaba allí: Mariana. Y es que Emilia siempre la había tenido de su parte; era su confidente, desde siempre, y compartía con ella todo lo que había vivido. Ahora, ya viuda, quizás se atreviera a viajar a Pésaro, pasar unos meses con ella y apoyarla en lo que quería emprender y, quién sabe, en el ínterin hasta podrían conseguir ambas esa compañía que tanto anhelaba Emilia. Porque Ignacio estaba allí siempre, pero no podía contar con él.

Emilia llamaría pronto a Mariana, pero primero tendría que pensar cómo convencerla. Mariana siempre había sido muy recta, y aunque cubría todas las aventuras de Emilia, ella misma no podía atreverse a hacer ni la mitad de lo que su prima hacía. Le encantaba ser simplemente cómplice de todas esas hazañas, pero jamás habría desobedecido a sus padres. Aunque primas hermanas, eran totalmente distintas. Quizás por eso se llevaban tan bien.

Bueno, qué alegría, ahora contaba con un proyecto que le llenaba el tiempo y la cabeza. Qué tristeza, pensaba Emilia, que la simple idea de tener algo en que ocuparse la llenara de alegría. ¿En qué se había convertido? No, no quería sentir pena por ella misma. No era el momento de lamentarse. Su estrategia resultaría. Siempre todo le había resultado bien. Bueno, a excepción de Ignacio.

Nunca podría olvidar el día en que, cuando tendría unos diecisiete años, fue a visitar a su prima Mariana, como solía hacer casi a diario. Su tío Esteban era un gran aficionado a los caballos y tenía los mejores sementales de la región. Pero eso no era lo que le venía a la memoria, sino que ese día, cuando les trajeron los caballos para que Mariana y ella montaran, su vida cambió para siempre. Allí estaba él, alto y fuerte, con la cabellera larga, el torso desnudo. Tan intimidada por Ignacio se sintió, que no supo cómo montar. Él la ayudó gentilmente; sus brazos fuertes la sujetaban de la cintura. Temblaba al sentir cómo la sostenía. Se sintió mujer, no sabía explicarlo. Mariana no se percataba de nada y continuaba como si fuera cualquier otro día. Pero Emilia no era la misma; su vida había cambiado.

Aunque se moría por compartir sus sentimientos con su prima, Emilia calló y esperó la oportunidad de volver a ver a Ignacio. Es más, empezó a visitar a Mariana más seguido.

Uno de esos días, cuando él les traía los caballos, mientras la ayudaba a montar, él le dijo: "¿Por qué tiemblas?", y la apretó contra su pecho. Emilia, estremecida por el contacto con sus pectorales, casi se desvanece. Aunque ella no pronunció palabra, Ignacio advirtió que estaba loca por él. En la cabalgata por la hacienda, Emilia actuaba extraña, como confundida, despistada. Mariana, aunque incauta, se dio cuenta y le preguntó: "¿Qué te sucede? ¿Te sientes bien?". Emilia le dijo que hacía demasiado calor y que regresaría a la hacienda, pero que no quería que dejara de cabalgar por su culpa. Así que Mariana continuó sola y Emilia tomó el camino de regreso.

A unos cuantos kilómetros de la hacienda, casi paralizada, vio una silueta. Otra vez se puso a temblar. Sí, era él. No sabía si acercarse o echarse a correr en la dirección opuesta. Y continuó hacia él. Ni siquiera pudo intentar desmontar porque Ignacio ya la tenía agarrada de la cintura, con esos brazos tan fuertes. Ignacio podía sentir los latidos agitados de Emilia. La llevó cargada, como si se tratara de un ritual, de un sacrificio humano de los que se cuentan en las leyendas. Allí, caminando lentamente, parecía él un cacique, fiel recordatorio de su herencia. Sintió transcurrir una eternidad en brazos de ese hombre tan hermoso y varonil. Temblaba como una hoja. Estaba segura de que Ignacio sabía que para ella todo era nuevo; nunca nadie la había tratado así. Pasaron horas. La luna los alumbraba y presenciaba el encuentro.

De pronto, Emilia advirtió que ya había anochecido y que Mariana y sus padres debían estar preocupados por ella. Trató de componerse lo mejor que pudo y subió al caballo. Lo más conveniente era ir sola. No quería despedirse, no sabía qué sucedería después de ese día, su mundo era otro ahora. De cualquier modo, su mundo y el de Ignacio eran completamente opuestos, aunque paralelos.

Cuando Emilia llegó a la hacienda, sus padres y Mariana con los suyos la esperaban ansiosos, preocupados. Su madre lloraba pero al verla corrió a abrazarla y besarla. Todos aguardaban una explicación. Emilia simplemente pretendió haber estado perdida. Nadie dudó de su historia, ni siquiera Mariana.

Al día siguiente, Emilia sentía haber vivido un sueño, un sueño maravilloso en el que había conocido a un gran joven; pero al verse despierta y con los ojos bien abiertos, su sueño parecía más bien una pesadilla. Aunque soñadora, ella no era tonta y conocía muy bien el sentimiento de la sociedad norteña de ese entonces. Sus padres jamás permitirían una relación de esa clase; siempre habían querido para ella un señorito aburrido y arrogante que no haría sino encargarse de que ella tuviera hijos y cumpliera con sus obligaciones de mujer casada, como les había sucedido a sus tías, a su madre, a su abuela, y así infinitamente en el pasado. ¿Qué hacer? La vida no tenía sentido sin Ignacio. El solo hecho de pensar en él, en sus brazos y su cabellera, la enloquecía por completo. No lo conocía pero, ¿debía conocerlo más? ¿No era suficiente lo que había sentido la noche anterior? Él era ahora la razón de su existencia. No tenía ganas de nada, salvo verlo y volver a verlo todos los días de su vida.

Emilia decidió confiar su secreto a Mariana, pues pensó que sin su ayuda no podría conseguir ver a Ignacio nuevamente. Su prima casi se desmaya al escucharla; no podía creer lo osada que Emilia había sido. Desde pequeñas, siempre se habían contado todo, y aunque esto era muy íntimo, se esperaba que las primas se tuvieran la confianza suficiente como para seguir haciéndolo. A Mariana todo le sonaba tan romántico, tan apasionado, que protegió la relación simplemente por el romanticismo que la historia representaba. Porque, si algo era Mariana, era una romántica. Lástima que su prometido, Joaquín, fuera más frío que un témpano de hielo. En fin, la vida era así. Mariana y Joaquín, Emilia e Ignacio. ¿Qué ganarían con aliarse? ¿Verse unas cuantas veces? Joaquín y

Mariana ya llevaban seis meses de novios, así que seguramente los padres de Emilia estarían pensando en algún muchacho para ella también. Las cosas eran así, un tiempo preciso para todo, como le decía siempre su madre.

Las primas idearon un plan: aprender a cabalgar con la ayuda de Ignacio. Tío Esteban no tendría la menor idea de lo que sucedía. Mariana había crecido con Ignacio en la hacienda y nunca había sucedido nada, así que ¿por qué cambiaría eso ahora? Nadie sospecharía de Emilia porque ella simplemente visitaba a su prima y aprovechaba para aprender a cabalgar. Todo parecía perfecto. Emilia nunca habló con Ignacio de estos planes; no quería que la espontaneidad de sus encuentros sufriera.

Las semanas transcurrían y Mariana y Emilia se veían todos los días, supuestamente pasaban horas juntas. Ignacio disfrutaba mucho de la atención que Emilia le prestaba; la vida en la hacienda no era muy interesante para un peón cómo él. Aunque no era casado, siempre había tenido una mujer a su lado, y conocer a Emilia lo hizo sentirse renovado. Quizás le doblaba la edad, pero eso mismo hacía más interesante amarla. Él había servido siempre sin reserva ni rencor a sus patrones, quienes eran sinceros y considerados, aunque no de la misma manera que con la gente de su propio nivel, de modo que tener a Emilia permitía a Ignacio sentirse diferente y hasta especial. Si bien nunca fue vanidoso ni creyó ser un hombre apuesto, era reservado, por lo que se sabía muy poco de él. Fuera como fuese, a Emilia la estremecía el solo hecho de pensar que ese hombre era ahora suyo.

II

Después de unos meses de encontrarse a escondidas, la realidad cambió. Emilia recibió una sorpresa de su madre: Felipe Ordóñez, un jovencito recién recibido de médico en la Capital, acababa de regresar a Trujillo y no tenía novia. La madre de Felipe era amiga de la infancia de Doña Soledad, así que la situación no podía ser más propicia para que los jóvenes se conocieran. Además, Emilia cumplía diecisiete años y ya todas sus amigas se habían comprometido, incluso Mariana.

Emilia recibió la noticia como un balde de agua fría. ¿Comprometerse con Felipe Ordóñez, un chico seguramente petulante que había estudiado en la Capital y que no querría más que estar con sus pacientes y hablar de sus logros intelectuales? Pero no era eso lo que más la indignaba, sino la idea de no volver a ver a Ignacio, el hombre que la había hecho mujer, que le había mostrado cuán especial era ella, que la había venerado y hecho sentir como a una diosa. No cabía en su mente que alguien la pudiese amar con más intensidad que Ignacio.

Lloró toda la noche y habló con Mariana, pero ella no pudo consolarla. Ignacio la escuchó relatarle todo, pero sin pensar mucho en el asunto se limitó a lo que siempre hacía: amarla locamente. Y claro, Emilia se derretía en sus brazos y se embriagaba con la pasión que ambos sentían. Quizás él fuera más conocedor de la vida, no por nada le llevaba tantos años. ¿Para qué hacerse tantos problemas si no tenían solución? Ignacio no podría reclamarla oficialmente. ¿Qué harían para mantenerse? Él no tenía ninguna educación y la sociedad los repudiaría. La resignación era lo único que les quedaba. Sin embargo, Emilia se resistía a conformarse sin más, mientras los besos de Ignacio la mareaban y embriagaban de amor; esos besos tan ardientes que le quemaban los labios. Sí, no seguir pensando y dejarse besar por Ignacio, eso era lo que tenía que hacer.

El día era perfecto. Doña Soledad llegó corriendo a la habitación de Emilia y le anunció que Felipe Ordóñez iría a visitarla esa tarde. Ella no podía negar la emoción y el halago de que un apuesto joven la visitara. Se acicaló lo mejor que pudo y pronto estuvo lista para verlo. Al llegar, Felipe le dijo:

—¿Amelia?

—No, Emilia —lo corrigió ella.

Y pensó: qué mala manera de empezar una relación. De cualquier modo, continuó siendo amable con Felipe porque le inspiraba confianza y, además, porque era muy apuesto y correcto. La manera en que la trataba la hacía sentir muy bien, como una verdadera dama.

Después que Felipe se hubo marchado, Doña Soledad conversó con Emilia y quiso saber qué impresión le había causado el joven. Emilia sólo tuvo elogios para describir la personalidad de Felipe. Claro, decía su madre, ahora tenían que conocerse más, ir de paseo, visitar lugares, dejar avanzar los meses. Y así fue.

Emilia no podía creer lo que le estaba sucediendo, ¿se había enamorado de Felipe Ordóñez? ¿Cómo podía tener lugar en su corazón para dos hombres completamente distintos? Lo único que tenían en común era que ambos eran hombres buenos. Tampoco conocía tanto a Ignacio; en realidad, no sabía absolutamente nada de él, aunque lo hubiese frecuentado por más de seis meses. Otra vez ese dolor de cabeza. Se iría a la cama sin pensar más en ninguno de los dos. El tiempo decidiría.

Sí, que el tiempo decidiera por ella era una solución factible. ¿Pero qué pasaría si dejara de ver a uno y comenzara a compartir más tiempo con el otro? Emilia no podía dejar de ver a Ignacio; lo que tenía con él era casi una adicción. ¿Era posible que todo lo que sentía por él fuera sólo a flor de piel? ¿Había estado fantaseando y dándole demasiada profundidad a una relación que era simplemente física? ¿Era él especial para Emilia porque había sido el primer hombre en su vida y el que le había mostrado todo un mundo de sensualidad? Como fuese, Emilia no tenía suficiente y quería más.

Continuó viéndose a escondidas con Ignacio y a él no le molestó que ella estuviera saliendo con Felipe. Es más, quizás hasta le gustara la idea de poder formar parte de lo que pertenecía a ese niño rico.

Con el transcurrir del tiempo, Ignacio, a pesar de mostrar atracción por Emilia, empezó a faltar a sus encuentros, a llegar retrasado o a marcharse temprano. ¿Qué le estaba sucediendo? ¿Se estaba cansando de ella? Emilia se daba cuenta del cambio pero soportaba todo porque cada día dependía más de la relación que tenía con él. Pero su sorpresa fue enorme cuando, un día, se encontró con que una de las criadas de la hacienda de Mariana llevaba un brazalete de cuero que ella le había regalado a Ignacio. Tan fuerte fue su reacción que, sin poder controlarse, cogió a la sirvienta por el brazo y le quitó el brazalete diciéndole que le pertenecía a ella. La muchacha no esperó mayor explicación porque estaba acostumbrada al trato frío y a veces brusco de sus patrones.

Al encontrarse con Ignacio, Emilia exigió explicaciones sobre el brazalete. Ignacio sabía hacer de las suyas, así que simplemente le dijo que se trataba de una muchacha con la que él había tenido amoríos hacía muchos años y que ella continuaba amándolo pero que él no sentía nada por ella. Emilia esperaba una explicación más verosímil, no tenía sentido que él le hubiera dado la pulsera si ya no sentía nada por ella, especialmente porque se trataba de un regalo de Emilia. Pero todos estos pensamientos fueron acallados por los exigentes besos y las caricias de Ignacio. Emilia no tenía manera de escapar, y tampoco quería hacerlo: gozaba inmensamente atrapada en esa pasión, incluso cuando la razón le decía que el argumento que le había dado no era convincente. Lo peor era que Ignacio ni siquiera se esforzaba en encubrir su trama; poco le importaba ser descubierto.

Paralelamente, Felipe continuaba visitando a Emilia. Iban al cine en compañía de Doña Soledad, por supuesto, o a veces con Mariana; paseaban por la Plaza de Armas o iban al campo. Felipe era un gran jinete pero Emilia trataba de evitar montar con él. Sin embargo, su gran temor se materializó el día que Mariana los invitó a su hacienda y el tío Esteban, sabiendo que Felipe era gran conocedor de caballos, llamó a Ignacio a que trajera su mejor semental. Emilia casi se desploma de la impresión al ver a los dos hombres de su vida frente a frente. Lo peor de todo fue la frescura de Ignacio, que no dejaba de mirarla y le clavaba la mirada intencionalmente. Además, el muy atrevido trataba de despertar pasión en ella. Emilia no sabía cómo disimular sus sentimientos cuando los ojos de Ignacio le traspasaban la ropa como si fueran fuego. Felipe, interesado sobremanera en los caballos, no se percataba del asunto, pero Mariana transpiraba al ver lo que sucedía. En determinado momento, Emilia, tratando salir del aprieto, llamó a su prima:

—Mariana, ¿por qué no me muestras el vestido nuevo que te trajo Joaquín de Madrid?

Mariana, todavía atontada por el susto, contestó:

—¡Pero si ya te lo mostré y hasta te lo has probado!

Aunque Emilia sintió ganas de patear a su prima, se percató de que los hombres no habían reparado en la conversación de ellas; estaban sumidos en su propio mundo, un mundo de machos. Lo que ellas dijeran no era trascendente, aunque, claro, como eran tan finos, nunca las harían sentir de esa manera, por lo menos no intencionalmente.

Ya a solas, Emilia y Mariana no daban crédito a lo que estaba sucediendo. Emilia paseaba incesantemente pensando qué hacer, pero luego creyó que era una tontería preocuparse; no había nada que temer, nada podía pasar. Ignacio no abriría la boca, el tío Esteban no sabía nada y Felipe mucho menos. De todas maneras, la ansiedad la corroía. Trató de calmarse tomándose un té con Mariana, pero seguía intranquila.

Luego de varias horas, Felipe y el tío Esteban se reunieron con ellas. Continuaban hablando de caballos: era increíble cuánto podían hablar de un tema tan poco interesante para ellas. Emilia prestaba mucha atención a lo que se decía para asegurarse de que nada hubiese ocurrido durante su ausencia. Todo parecía estar bien; no había ninguna sospecha.

Habían pasado dos semanas desde aquel incidente, cuando Emilia recibió otra sorpresa: Ignacio viviría en la hacienda de Felipe por sugerencia del tío Esteban; de esa manera Felipe podría tener ayuda en el manejo de sus caballos. Emilia quedó perpleja, ¿su amante viviendo bajo el mismo techo que su prometido? Aunque Felipe no era oficialmente su prometido, estaba sobrentendido que lo sería; para la sociedad trujillana, no cabía la menor duda de que el próximo paso sería el compromiso formal. Todo esto parecía haber sido sacado de una novela barata de esas que su madre nunca le había dejado leer y que de cualquier manera ella, Mariana y todas sus amigas del colegio leían a escondidas. ¿Qué significaba la situación? Lo que más temía Emilia era no poder ver más a Ignacio. ¿Cómo iba a escaparse ahora y verse a escondidas con su amante? ¿Cómo viviría sin verlo? No podía dormir pensando en esto, y lloró toda la noche. Al mismo tiempo, la avergonzaba aceptar que su felicidad se hubiese reducido a los momentos que pasaba a escondidas con Ignacio. Sus padres podían escandalizarse si se enteraban de sus andanzas.

Al día siguiente, Felipe fue a visitarla. Emilia no podía resistir la tentación de preguntar por Ignacio, pues sabía que Felipe no lo mencionaría: no era un tema que le interesara compartir con ella. Entonces, muy nerviosa, Emilia dijo:

—Nunca me llevas a tu casa, apenas he ido un par de veces... ¿Por qué no vamos más seguido? Así podríamos conocer mejor a nuestras familias...

Felipe, muy fino, no esperó a que terminara y le dijo:

—Por supuesto, me parece una idea magnífica; vamos inmediatamente. A mi madre le encantará verte y mi hermana Magdalena siempre habla de ti.

Emilia se puso muy contenta; era increíble cuánta alegría le daba el simple hecho de pensar en volver a ver Ignacio, aunque fuera de lejos.

Al llegar a casa de Felipe, su madre, Doña Isabel, los esperaba con el té preparado y galletitas. Doña Isabel había enviudado hacía tres años, cuando Felipe todavía estaba cursando su segundo año de medicina. Emilia sólo pensaba en Ignacio, ¿dónde estaría? ¿Qué estaría haciendo? ¿Se alegraría de verla? Tantas preguntas revoloteaban en su cabeza, que no podía concentrarse en la conversación que mantenía con Doña Isabel. Pero, de pronto, cuando Felipe subió a su habitación y ella se quedó sola unos minutos en la gran sala, vio a Ignacio a través de los grandes ventanales que daban al jardín trasero. Se veía tan increíble como siempre, con esa cabellera larga y esos pectorales tan fuertes. Reía con muchas ganas. Pero el gozo de verlo reír duró poco, porque cuando miró más allá, Emilia notó que Ignacio reía con Magdalena, la hermanita menor de Felipe. No cualquiera habría reparado en la situación, porque Magdalena tenía apenas quince años y era más inocente que una niña de doce, pero era precisamente eso lo que preocupaba a Emilia, sobre todo sabiendo cómo pensaba Ignacio. El problema era que Ignacio no pensaba, sino que se movía por arrebatos y sólo seguía sus instintos, su sensualidad.

Los celos invadieron el corazón de Emilia. Quería matar a Ignacio. Más aun, quería matar a Magdalena. ¿Era posible que se sintiera así solamente por el hecho de haberlos visto juntos riendo en el jardín? Poco a poco fue racionalizando su pensamiento y tratando de convencerse de que no había nada entre ellos, de que él era su sirviente y probablemente le estaría enseñando a montar o ayudando con quién sabe qué cosa. Aunque quería mantenerse en calma, sus emociones la sobrepasaban. No pudo contenerse y salió disparada hacia el jardín. Una vez allí, se encontró a Ignacio tomando a Magdalena por la cintura para ayudarla a montar una yegua muy mansa y débil. Ambos se sorprendieron al verla. Y como Magdalena quiso desmontar rápido para saludar a Emilia, tropezó y cayó en brazos de Ignacio, que estaba listo para sostenerla. Verlos así resultó todavía peor para Emilia. A sus celosos ojos se veían muy bien juntos y parecían una pareja perfecta. Pero, ¿qué manera era esa de pensar? ¿Se estaría volviendo loca? Sólo se trataba de una niña y de su sirviente. Sí, pero esa misma era su propia historia, así que no era tan difícil de imaginar.

Demasiadas ideas pasaban por su cabeza. Ignacio seguía sosteniendo a Magdalena en brazos y la apretaba fuerte, casi posesivamente, como si lo hiciera a propósito. Emilia se acercó a los dos y saludó a Magdalena, quien muy cómodamente abrazaba el cuello de Ignacio. Y como la niña ahora pensaba que se trataba de un juego, le dijo a Ignacio que ya no quería montar y que la llevara cargada a su habitación. Ignacio miró fijamente a Emilia y, como si quisiera hacerla sufrir, esbozó una sonrisa, lanzó una carcajada y se llevó a la niña en brazos, por detrás de unos arbustos, rumbo a su habitación.

Emilia estuvo a punto de desvanecerse. ¿Qué era todo eso? ¿Y por qué ella no podía hacer nada al respecto? Se quedó clavada al piso sin poder moverse ni hablar. En ese momento escuchó la voz de Doña Isabel y de Felipe que la llamaban.

Felipe nunca se percataba de nada; podía ser un gran médico pero era evidente que no era un buen observador, por lo menos no con ella. Doña Isabel estaba más entretenida con su bordado que con la conversación que tenían. De cualquier modo, Emilia no podía prestarles atención; todo le sonaba como un canto monótono de alguna secta religiosa. Quería escaparse y buscar a Ignacio, pedirle explicaciones, pero más que nada quería verlo. Se excusó con sus anfitriones y salió al jardín.

No lo encontró en los establos y pensó en preguntarle a Magdalena, con alguna excusa, dónde podría encontrarlo. Lo peor fue que no tuvo que preguntarle nada porque cuando Magdalena abrió la puerta resultó evidente que Ignacio había estado con ella. Estaba desaliñada y vestía ropa de dormir cuando eran apenas las tres de la tarde. Ignacio era muy sutil; sin siquiera insinuarse, actuaba, y sólo después reaccionaba ante las consecuencias. ¿Con qué mentira habría conquistado a Magdalena? ¿De la misma manera que la había conquistado a ella? Magdalena ya no reía como lo había hecho en el jardín; ahora se veía nerviosa, como si ocultara algo. Emilia no sabía si decirle que sabía lo que sucedía entre ella e Ignacio o simplemente callar y buscarlo a él para reprocharle su conducta. Decidió callar porque, al fin y al cabo, no tenía evidencia de que lo que se imaginaba fuera cierto. Además, no tenía ningún derecho sobre Ignacio. Él podía hacer lo que le viniera en ganas y con quien quisiera. Esto se decía Emilia. Y si bien sabía que era cierto, no podía evitar que los celos la consumiesen.

Emilia usó la excusa de que su tío Esteban le había pedido que hablara con Ignacio sobre un trabajo pendiente que tenía en su hacienda. Magdalena pareció creerle y le dijo que Ignacio seguramente estuviera en la casita donde vivía, pasando los establos, pero que si no lo encontraba allí, quizás pudiera hallarlo junto al arroyo. Por su manera de hablar de él, daba la impresión de que Magdalena conocía muy bien a Ignacio. ¡Qué celos tenía Emilia! Magdalena se veía tan linda con la piel bronceada, la cabellera castaña muy larga, sus piernas estilizadísimas; tenía una figura casi de mujer, aunque todavía muy delgaducha. Seguro que Ignacio se había dejado conquistar por todos esos atributos, y por la dulzura y candidez propia de las jovencitas. Parecía la niña perfecta, bella e inocente, y perfecta para el gusto de Ignacio.

Sin preocuparle qué pensarían Felipe y su mamá, Emilia corrió a buscar a Ignacio. Lo encontró en su casa, muy fresco y descansado, limpiando sus botas. Tratando de darse la importancia que imaginaba tener en la vida de Ignacio, Emilia le pidió explicaciones, pero no logró ninguna porque, apenas él la vio, la cogió por la cintura y la abrazó con pasión, sin dejarla seguir hablando. Emilia se derrumbaba frente a él; era su divinidad, le rendía pleitesía, incluso sin proponérselo. Ella sabía que desde que había conocido a Ignacio le pertenecía plenamente; ya no era dueña de sí, aunque quisiera lo contrario. El tiempo con Ignacio siempre transcurría como si se tratara de otra dimensión; podía pasar horas con él sin percatarse de nada.

Volvió en sí cuando escuchó los gritos de Felipe. ¿Cuántas horas habrían transcurrido? ¿Serían las cuatro o las siete? Trató de arreglarse y componerse lo más rápidamente que pudo. Ignacio, muy despreocupado, no intentaba encubrir nada. Emilia salió corriendo y dijo haberse caído y lastimado un tobillo cerca del arroyo. Felipe se alegró al encontrarla, pero también se apenó, pues la apariencia de Emilia era la de una persona que había sufrido un accidente: el cabello desaliñado, el semblante pálido.

Felipe llevó a Emilia a su casa y le limpió el tobillo y se lo vendó. Después de que Doña Isabel le diera otra taza de té, Emilia pidió ser llevada a su casa. En ese preciso instante entró corriendo un sirviente. Muy asustado, el hombre contó que un vecino de la hacienda, que vivía a unos kilómetros de distancia, tenía una hija que presentaba síntomas de fiebre y convulsiones. Felipe tenía que acudir a ella porque los médicos de la ciudad tardarían mucho en llegar dado que ya había oscurecido. Entonces fue a socorrer a la paciente, no sin antes despedirse aprisa de Emilia asegurándole que su madre encontraría la manera de volverla a su casa. Y Doña Isabel, sin pensarlo mucho, pidió a Ignacio que llevara a Emilia a su casa. Emilia no podía estar más feliz.

Ignacio llegó muy oficial en la camioneta que usaba para jalar el carro que transportaba los caballos cuando iban a algún evento. Emilia se despidió de Doña Isabel y subió en el asiento trasero. De camino, Ignacio detuvo la camioneta y quiso abrazar a Emilia. Ella estaba decidida a conseguir una explicación de lo que había sucedido entre él y Magdalena. Esta vez no tenía que ocurrir lo mismo, no permitiría que Ignacio la acallara con besos o caricias. No caería en sus redes. Tenía que ser fuerte. Y se propuso enfrentarlo:

—¿Qué hay entre tú y Magdalena? —preguntó.

Ignacio la miró riéndose a carcajadas, como si estuviera loca:

—¿De qué me hablas, mujer? —dijo, y continuó acariciándola.

Con ese gesto la hizo sentir como si no tuviera derecho a pedir explicaciones, como si él fuese libre de estar con quien quisiera. Sólo en ese momento se dio cuenta de que era la primera vez que intercambiaban unas palabras. ¿Qué podía reprocharle si nunca habían hablado, y menos de amor? Según Ignacio, no existían ataduras ni limitaciones; él nunca le había pedido nada a Emilia y ella tenía un pretendiente que la visitaba con frecuencia. Si existía algún contacto físico entre ella y su prometido, Ignacio no era quién para entrometerse. Otra vez Emilia pensó que con Ignacio sólo tenía una atracción física. Pero a la vez moría por él e igualmente quería saber qué sucedía con Magdalena. ¿Se trataba de masoquismo? ¿Para qué saber más? Sin embargo, no pudo aguantarse:

—Dime, ¿la amas? —preguntó.

Ignacio, riéndose, le dijo:

—Me vuelve loco, pero tú también me gustas.

Ni siquiera podía aparentar que ella era especial para él, era el hombre más fresco e indiferente del mundo. Pero un ser indiferente, ¿podía ser capaz de tanta pasión? Emilia continuó preguntando:

—Pero... ¿es tu mujer o sólo la admiras?

Ignacio rió más fuerte:

—Qué ganas de torturarte, mujer. Sí, es mía. Tú también... ¿Y qué?

Ignacio sabía lo débil que Emilia era y cuánto podía manipularla. Ya no era dueña de su voluntad, le pertenecía. Corroboraba que él no tenía la menor intención de encubrir sus aventuras y su vida miserable y machista.

Nadie sospechó nada en casa de Emilia, simplemente le prestaron atención por el tobillo torcido que milagrosamente sanó muy rápido. Felipe continuaba con su vida rutinaria: la visitaba, la trataba con amabilidad y la hacía feliz, aunque de modo superficial.

III

Llegó el día en que las madres de Felipe y Emilia decidieron acordar la fecha del compromiso y de la boda. Era increíble que Emilia fuera a casarse. En realidad, ya tenía dieciocho años y todo parecía perfecto para dar ese paso en su vida. Emilia se sentía relativamente feliz viviendo esa doble vida: por un lado, muy decente y normal; por el otro, de aberración y dependencia. Se avergonzaba al pensar que había llegado tan bajo, que no podía salir del drama de su vida, en el que se hundía cada día más. Ahora soportaba el hecho de que Ignacio tuviera a otras mujeres, no una o dos, sino quién sabe cuántas más. Sentía ganas de hablar con Magdalena y alertarla para que no cayera en lo mismo, pero no se atrevía porque en definitiva era la hermana de su futuro esposo y no la comprendería, o le reprocharía doblemente la confesión. Entonces siguió con esa vida, a ratos dichosa, a ratos miserable.

Felipe y Emilia se casarían el 14 de marzo en la Catedral, toda la sociedad trujillana asistiría. Habría una verbena después de la ceremonia y los fuegos artificiales adornarían la festividad. Varias bandas querían honrar a los novios, pero como no podían tener tantos músicos al mismo tiempo, harían un concurso antes de la boda para asegurar que fuera la mejor banda la que amenizara la gran ocasión. Toda la ciudad se preparaba para la boda del año. ¡Qué lujos! ¡Qué algarabía! Todos los preparativos parecían preceder un evento sin igual. Sin embargo, Emilia seguía albergando una duda en su corazón, porque era lo suficientemente romántica como para mantener la esperanza de que fuera Ignacio el que, algún día, se casara con ella. De alguna manera también amaba a Felipe, no sólo por lo que él representaba, sino por cómo la trataba. ¿Era posible que amara a dos hombres al mismo tiempo? ¿En qué clase de ser humano se estaba convirtiendo? ¿Adónde habían ido a parar todos los valores que le habían inculcado en su hogar? ¿Sería capaz de continuar con esa mentira o debía terminar con ella? ¿Por qué siempre tantas preguntas? Cualquier otra novia se hubiera sentido embriagada de felicidad, pues Felipe era el hombre ideal y los preparativos para la boda eran perfectos. Pero Emilia casi temía la llegada del 14 de marzo.

Después de muchos meses de no ver a Emilia, Mariana decidió visitarla. Nunca hubiera imaginado que encontraría a su prima en tal estado de confusión. Quería ayudarla, pero no sabía cómo. La aventura romántica de su prima, que al principio había apoyado, ahora le parecía indecente y malsana. Sin callarse una palabra, Mariana habló francamente con Emilia y trató de convencerla de olvidarse de Ignacio. No valía la pena, era un patán, un macho vil que se servía de la inocencia de cualquier mujer que se cruzara en su camino. Por despecho y por dignidad, Emilia debía dejarlo y, sobre todo, dejar de pensar en él. Por supuesto, Emilia ya sabía todo esto, no era tonta. Nada de lo que Mariana le decía era nuevo. Su problema era similar al de un alcohólico: Ignacio era su vicio, un vicio imposible de dejar. Y es que el simple hecho de pensar en embriagarse con su pasión la hacía olvidar lo terrible de su situación. Mariana no logró sino enfadarse mucho con Emilia; le dijo que no contara más con su apoyo para encubrir sus encuentros con Ignacio y la amenazó con contarle todo acerca de su aventura a su tía Eloísa. Emilia sabía que su prima no se atrevería a semejante cosa, porque ella también tendría que cargar con parte de la culpa por haberla encubierto tanto tiempo. Las primas se despidieron enfadadas.

A partir de ese diálogo, Mariana se fue alejando poco a poco de Emilia. Además, por otras razones y circunstancias en la vida de ambas, empezaron a frecuentar círculos distintos y sus intereses también cambiaron. Se veían de cuando en cuando pero ya no se contaban sus cosas.

Emilia se propuso lograr que Ignacio fuera a trabajar a la hacienda en la que Felipe y ella vivirían. ¿Sería posible que estuviera pensando en una atrocidad como esa? ¿Qué mente sana podría abrigar tal pensamiento? Sin embargo, el solo hecho de imaginarse a solas con Ignacio diariamente la hacía pensar en su plan con mayor dedicación.

Llegó la fecha tan ansiada por todos. La ceremonia fue hermosísima, los fuegos artificiales, espectaculares. La mejor banda amenizó la velada. Todo Trujillo gozó del evento y celebró a los novios junto a sus respectivas familias. De repente, un criado llegó corriendo a la Plaza de Armas, donde todos se encontraban. Gritaba palabras ininteligibles. Después de calmarse, dijo:

—¡La Señorita Magdalena, la Señorita Magdalena!...

Felipe sacudió al sirviente y le pidió que siguiera hablando. Magdalena no había asistido a la verbena porque decía sentirse cansada, así que después de la ceremonia religiosa había regresado a la hacienda. El sirviente continuó:

—¡Está muerta... en el piso... en su habitación! ¡No respira!...

Felipe no esperó a escuchar más y salió corriendo junto con otros hombres de la familia. Doña Isabel lloraba y se aferraba a Emilia, quien sabía exactamente que, más allá de los detalles de lo que le hubiera sucedido, la culpa era de Ignacio. No era un asesino, pero su ímpetu y su indiferencia seguramente habían sido la causa del sufrimiento y del arrebato de la muchacha. Sin duda se trataba de Ignacio. Cuántas veces ella misma había sentido el deseo de cometer una locura como esa al sentir la frialdad de Ignacio. De pronto, casi se sintió feliz; trató de no pensar así, pero la muerte de Magdalena le permitiría tener a Ignacio para ella sola. Aunque él probablemente tuviera otras amantes, con la muerte de Magdalena habría una menos. Y otra vez se preguntó en qué clase de monstruo se estaba convirtiendo, ¿era posible que se alegrara ante la muerte de su cuñada, una niña que prometía tanto, un alma inocente y tan llena de vida? Trató de no pensar más en el asunto. Quizás el criado había exagerado y simplemente estaba desmayada.

Cuando Felipe y los demás hombres llegaron a la hacienda, encontraron a Magdalena en el suelo, inconsciente. Felipe trató de revivirla. Era evidente que había intentado terminar con su vida. Todavía sujetaba fuertemente entre sus pálidos dedos una botellita con un polvo blanquecino. Felipe, muy discretamente, tomó el pomo y lo escondió en su maletín de medicinas. Nadie vio nada. Pero, ¿vivía todavía? Sí, la jovencita respiraba, aunque con dificultad, aunque no abría los ojos.

Felipe y su madre pasaron días enteros al pie de la cama de Magdalena. Emilia y Felipe, que tenían planeado pasar una semana en la sierra, en una hacienda que tenía el abuelo de él, no tuvieron luna de miel. Emilia comprendía la situación y nunca intentó siquiera mencionar a su esposo o su suegra el asunto del viaje, pero las semanas se convirtieron en meses. De alguna forma, Emilia pensaba que el incidente la había librado de tener que enfrentar la intimidad con Felipe y del peligro de que él se percatara de que ella había perdido su inocencia. Para cuando todo se regularizara y empezaran a llevar una vida de marido y mujer, alguna excusa encontraría.

En efecto, poco después, aunque Magdalena no mejoraba en lo más mínimo, Felipe y Emilia empezaron a pasar más tiempo juntos. La intimidad como pareja, sin embargo, nunca llegó a ser un problema. Felipe sabía que su esposa estaba cansada de cuidar a su cuñada y él mismo apenas podía con su rutina de ver a sus pacientes y enseñar en la universidad; volvía exhausto a la casa, muchas veces cuando Emilia y todos en la hacienda ya estaban dormidos.

La rutina de Felipe constituía el escenario perfecto para que Emilia continuara viéndose con Ignacio. Por supuesto que ella nunca le reprochó lo que había sucedido con Magdalena. De alguna manera, Emilia había aprendido a vivir una vida de múltiples facetas que no tenían nada que ver entre sí. Al menos así lo veía ella, para su propia conveniencia y para saciar su sed por Ignacio. ¿Saciar? Su sed por ese hombre era insaciable, y ella gozaba de que fuera así. Lo veía todos los días porque finalmente había logrado manipular a Felipe para que Ignacio trabajara en la hacienda en la que vivían. No obstante, Ignacio, poco a poco, empezó a cambiar. Él siempre había sido indiferente ante el amor; si podía tener a una mujer, la tenía y nada más, sin involucrar sentimientos. Pero paulatinamente empezó a mostrarse más posesivo con Emilia. Lejos de molestarse, Emilia se sentía halagada al pensar que no sólo tenían atracción física; ahora estaba segura de que los unía algo más. No se daba cuenta de que ese cambio era resultado del alcohol que Ignacio consumía.

Ciertamente, quizás porque ahora estaba solo, o porque sus otras amantes lo habían abandonado, Ignacio bebía mucho. Pero con el transcurso de las semanas, Emilia empezó a percatarse del asunto: las botellas vacías yacían por doquier y el olor a aguardiente era tan fuerte que ella lo sentía cuando él la besaba y acariciaba. Pero Emilia nunca pudo objetarle nada, siempre se decía que no era el momento de hacerlo.

Un día, luego de más de seis meses de estar en coma, Magdalena despertó. Pero la Magdalena alegre y vivaz que todos conocían ya no existía; había quedado tan afectada por el suceso, que nunca volvió a caminar ni a hablar; y si todavía podía pensar, sólo ella lo sabía. Doña Isabel y Emilia se convirtieron en sus fieles enfermeras. Emilia sugirió a Felipe que Doña Isabel y Magdalena se mudaran con ellos para facilitar su cuidado y Felipe se mostró agradecido por la consideración de Emilia.

Académico y organizado como era, Felipe propuso a Emilia empezar a formar una familia, aunque hasta el momento, luego de más de siete meses de casados, no habían compartido ni una noche de intimidad juntos. Emilia asintió. ¿Cómo saldría de este aprieto? ¿Qué podría hacer para ocultar su secreto? Al encontrarse con Ignacio como todos los días, éste se quedó completamente dormido en sus brazos; no había manera de despertarlo o hacerlo reaccionar, y Emilia lo dejó allí. Ignacio había sido una vez más su inspiración: el alcohol era un arma poderosa.

Había luna llena y Emilia estaba muy nerviosa. Cuando estuvo a solas con Felipe, propuso que primero brindaran por su felicidad, por la familia que tendrían, por la salud de Magdalena, por la ciudad de Trujillo, por la escuela de medicina, por sus alumnos, por sus pacientes. La lista era interminable. Incluso Emilia logró incluir un brindis por Ignacio. Felipe no podía más, no era un hombre que bebiera a menudo, siempre tan absorto en sus libros y pacientes. Esa noche Emilia no bebió más que una o dos copas, pero Felipe no se dio cuenta. El plan estaba funcionando a la perfección. Hasta que Felipe no pudo más de ebrio y cayó desplomado en la cama, sobre Emilia. Ella lo dejó allí y corrió a los brazos de Ignacio, que ya se había recuperado de su propia borrachera. Él le hizo muchas preguntas, como si fuera su dueño, como si siempre hubiesen tenido una relación recíproca. Emilia se sentía bien porque los papeles se habían invertido. Gozaba al sentir que ese hombre moría por ella y que ella podía jugar el papel de frialdad que antes él había practicado con ella. Lo que Emilia no sabía era que estaba jugando con fuego: él no era Felipe, un hombre considerado, un caballero. Ignacio no solía meterse con nadie, pero con el transcurrir de los años, había desarrollado un sentimiento de rencor hacia la sociedad. Sus patrones eran muy considerados, pero él no era más que un simple peón y hacía tiempo que se había cansado de mirar con envidia los privilegios de los demás. Ahora, hasta envidiaba a la mujer de su patrón.

Felipe, sumamente avergonzado con Emilia, no dejaba de disculparse. Embriagarse y perder el sentido en la noche en que iban a estar juntos por primera vez no respondía a las formas bajo las cuales lo habían criado. Nunca preguntó detalles sobre lo que había sucedido entre los dos; no se atrevía a pasar más vergüenza. Emilia salió triunfante del asunto, así que continuaron intentando tener familia. Emilia no podía negar que Felipe era un gran amante, pero ya había creado en su mente, o en su corazón, un lugar aparte para Ignacio, que no podía entrar en comparaciones. Era un aspecto independiente en su vida.

Poco después, Emilia supo por su médico de familia que estaba esperando un niño. No lo podía creer, era una noticia muy importante. Felipe la colmó de besos y Doña Isabel no dejaba de reír. Emilia visitó a sus padres y les comunicó la buena nueva. Mariana se alegró mucho por ella, y hasta aseveró que le seguiría los pasos, o por lo menos eso esperaba en cuanto Joaquín se atreviera a pedir su mano.

Por esos días Emilia dejó de visitar a Ignacio. Lo extrañaba muchísimo y quería su pasión, pero pensaba que verlo no era lo mejor ahora que iba a ser madre. Increíblemente, a medida que se iba convirtiendo en mamá, su deseo por Ignacio se iba disipando. Ella misma no podía entender lo que le pasaba. ¿Sería que su vida estaba tomando otro rumbo, el rumbo que siempre había debido tomar? Pero Ignacio no estaba tranquilo sin verla. Empezó a buscarla en la casa, y tanto la acosaba que Emilia tuvo que hablar con él. Pero, contra todo lo que ella había imaginado que se dirían, Ignacio le aseguró que el bebé era suyo y que ahora que iban a tener un hijo quería seguirla viendo más qué nunca. Emilia no podía creer las cosas que decía Ignacio, pero como siempre él logró salirse con la suya y la besó y la tuvo a la fuerza. Entonces Emilia lo odió: eso no era lo que quería para su bebé. Nunca antes había sido madre, pero ahora lo era, y se sentía frágil, quería que la trataran con guantes de seda. Con la misma intensidad con que antes solía entregarse a Ignacio, ahora lo odiaba; quería verlo muerto y deseaba no haberlo conocido nunca.

Aun con este sentimiento de rechazo, una enorme duda ocupaba la cabeza de Emilia. Ese bebé podía ser de

Ignacio, ¿por qué no? No había quedado embarazada en los casi dos años que había estado con él, pero eso no quería decir que fuera imposible. ¿Por qué debía crearle ahora ese fantasma? Al fin y al cabo, Emilia era muy inocente al pensar en poder vivir dos vidas y salirse con la suya. Lo que más le dolía era Felipe, fiel como le era. Trataría de no pensar más en el asunto. Seguro que Ignacio había hablado por hablar, sabiendo que ella creería cualquier cosa que él dijera.

Durante las visitas médicas del doctor Zambrano, los futuros padres vigilaban de cerca el desarrollo de su preciado bebé. Todo transcurría bien, con excepción de las demandas insaciables de Ignacio. Emilia no quería verlo más y le dijo que le pediría a Felipe que lo trasladaran a la otra hacienda. Estaba decidida.

Antes de que Emilia pudiera siquiera proponer el tema a Felipe, Ignacio se presentó en su consultorio. Felipe le dijo a Emilia en la noche que Ignacio había ido a verlo y que había sido muy insolente. No dio ni un solo detalle de la conversación que habían tenido, sino que se limitó a decirle que, a partir del día siguiente, Ignacio ya no trabajaría para ellos. Emilia no se atrevió a preguntar nada, aunque se moría por saber sobre qué habían hablado y si Ignacio continuaría trabajando en la otra hacienda. No pudo evitar sonrojarse, pero no tuvo la valentía de decir una palabra. ¿Sabría ahora Felipe que habían sido amantes? ¿Qué era exactamente lo que pensaba Felipe de ella? ¿La estaría juzgando o la habría perdonado? ¿Habría Ignacio reclamado el bebé como suyo? Las preguntas la atormentaban, pero cambió de tema y decidió, en adelante, no buscar respuestas. Un capítulo de su vida terminaba y otro, nuevo, se abría. Tenía que prepararse para recibir al bebé. No faltaban más que tres meses.

IV

Emilia caminaba con su madre por la Plaza de Armas cuando se tropezó con un borracho. Mirando nuevamente, se dio cuenta de que se trataba de Ignacio. Estaba irreconocible, pero se veía más varonil que nunca con la camisa abierta. Al mismo tiempo, su semblante era el de un enajenado mental consumido por el alcohol. La madre de Emilia sintió repulsión al pasar junto a él y Emilia sintió pena y a la vez temor. Cuando ya casi habían terminado de pasar, como si pudiese sentir su fragancia, Ignacio empezó a gritar:

—¡Escuchen todos, esta mujer me pertenece y va a parir un hijo mío!

Emilia no podía sentirse más avergonzada, aunque nadie hizo caso de los gritos porque era obvio que provenían de un borracho que decía cualquier cosa que pasara por su mente adormecida por el alcohol. Su madre la cogió por el brazo y le sugirió que apuraran la marcha.

Tanto afectó el incidente a Emilia, que decidió ir de inmediato a su casa y se pasó toda la tarde en la cama. Felipe se preocupó mucho por ella, pero Emilia no le relató el incidente. Él no hablaría con Doña Eloísa, así que todo quedaría en secreto, como siempre.

Felipe se mostraba siempre cariñoso y pendiente de Emilia. ¿Sabría realmente algo de su infidelidad? No había peor tortura para ella que no saberlo. Igualmente, era mejor dejar todo como estaba y sufrir por dentro. Trató de ser la mejor esposa posible, siempre cuidando de su hogar y de su marido.

Emilia tuvo una hermosa niña. La llamaron Regina, nombre de la hermana mayor de Felipe que había fallecido de pulmonía cuando apenas tenía cinco años. Todos estaban muy contentos. Si Magdalena pudiese ver a la niña... pensaba Felipe. Y es que Magdalena ya no parecía poder ver tampoco; tenía los ojos cerrados la mayor parte del tiempo y cuando los abría no soportaba la luz, pobrecita. Ahora que era madre, Emilia advertía cuánto dolor debía de haber pasado Doña Isabel: primero por su hijita Regina, luego por haber perdido a su esposo cuando Felipe tenía sólo quince años, y ahora por Magdalena. Qué trágica familia y, no obstante, tan dulce. ¿Y si se llegaban a enterar de su historia, de su vida secreta? ¿Y si sabían todo? No, no debían saberlo, siempre que Felipe no se hubiera enterado a través de Ignacio.

Los años transcurrían y Regina crecía primorosamente; era una niña de ojos muy grandes y redondos, color café, de piel canela y cabello lacio muy oscuro. Doña Isabel y Doña Eloísa la admiraban y les sorprendía que no tuviera los rasgos de sus padres. Felipe era de tez clara, de ojos color miel, cabello ondulado y castaño, nariz recta y larga. Emilia era muy linda, de ojos almendrados color granadilla, tez blanca con pecas en las mejillas, de cabello ondulado y castaño. Llegaron a la conclusión de que la pequeña había heredado los rasgos de la bisabuela materna de Felipe, hija de español y mestiza.

Felipe y Emilia empezaron a pensar que sería bueno tener más hijos. La niña ya tenía cuatro años. Durante ese tiempo Ignacio no había fastidiado a Emilia con sus demandas, no podía ser más feliz. Sí, era el momento preciso para tener más hijos.

Pero, pese a que deseaban con mucho anhelo más hijos, no podían tenerlos. Luego de varios exámenes, el doctor Zambrano les dio la mala noticia de que no sería posible. Quizás en el futuro, con el adelanto de la ciencia, de la alimentación y del estilo de vida, podrían existir tratamientos esperanzadores. Emilia no quiso preguntar si se trataba de una impotencia de ella, de Felipe o de ambos. Joven e inocente como era, no sabía a ciencia cierta qué exámenes había hecho el doctor Zambrano ni cómo había llegado a sus conclusiones. Simplemente se atenía a pensar que él sabía de lo que hablaba y que Felipe también debía entender el asunto después de tantos años de estudios médicos. Y bueno, si no podía tener más hijos, tampoco era el fin del mundo. Porque su mundo era Regina.

Cuando todo parecía marchar bien, Emilia se encontró con una amiga de la época escolar que, aunque no había estudiado con ella, solía frecuentar cuando era pequeña porque vivía muy cerca de su hacienda. Sandra tenía una niña de la misma edad que Regina. Tomaron el té en su casa mientras las niñas jugaban. Pero cuál sería la sorpresa de Emilia cuando, al mirar hacia el jardín, como transportada hacia el pasado, vio por la ventana a Ignacio riendo con una muchacha. No veía la manera de abordar el tema de Ignacio con su amiga y tampoco quería que él la viera, tampoco a la niña. Era increíble que una vez hubiera casi muerto de celos al verlo reír con Magdalena y que ahora sus sentimientos fueran completamente distintos. Trató de buscar una excusa: había olvidado comprar algo para su madre, tenía que partir de inmediato, aunque apenas había llegado. La pequeña

Regina no comprendía el apuro de la partida y lloró mucho, se tiró al suelo y le dio una rabieta. La amiga propuso que Emilia la dejara allí y que regresara luego de hacer sus compras. El plan no había resultado, ¿cómo negarse a esta propuesta? Al mismo tiempo, Emilia pensó: Ignacio nunca ha visto a Regina, no la conoce. Se sintió un poco más tranquila al decirse esto y accedió a dejarla. Pero, ¿cuánto tardaría en volver? ¿Con qué objeto iría ahora? Cambió de parecer: se quedaría. Su amiga era una mujer muy liberada y había tenido toda clase de aventuras en su vida; Emilia sintió entonces la necesidad de compartir con ella lo que le había sucedido con Ignacio. Empezó diciendo:

—Sandra, el peón que trabaja contigo... fue mi amante durante muchos años.

Sandra se quedó azorada, con lo recatada que Emilia había sido siempre, no podía creer que Emilia conociera a Ignacio. Él trabajaba en su casa desde hacía unos cuatro años y le confesó que lo había contratado precisamente porque era un hombre sumamente atractivo y porque, desde el primer momento, había despertado en ella una gran atracción. Emilia le advirtió que se cuidara, ya que había resultado ser tan posesivo que casi le había costado su matrimonio. Sandra echó a reír: Ignacio era el padre de su hija menor. A Sandra la deleitaba llevar una vida de riesgo y clandestinidad. Agradeció a Emilia su preocupación, pero ella quería tener a Ignacio siempre a su lado, sin importar las consecuencias. De todas formas, prometió guardar el secreto.

Emilia se sintió muy enferma; quiso ir a su casa a descansar y llorar. ¿Qué clase de hombre era Ignacio? ¿Y las niñas tenían la misma edad y eran amigas? Por lo menos Sandra estaba segura de que Ignacio era el padre de su hija. Si al menos hubiese alguna manera de saber si también lo era de Regina... Pero ¿para qué? ¿Qué lograría con ello? Su vida ya era bastante tormentosa como para complicarla más. Además, Felipe era un gran hombre. Luego de pensar esto, Emilia volvió a interrogarse acerca de la conversación que habían mantenido Felipe e Ignacio aquel lejano día.

Decidió dedicarse de lleno a su hija y olvidarse de Ignacio, de sus amigas y de la sociedad en general. Se enclaustró en su hacienda, de la que no salía sino para ir a misa los domingos y, una que otra vez, salir con Felipe. Si alguien quería verla, debía ir a visitarla.

Transcurrieron los años y Emilia constataba que la devoción y la dedicación por su hija daban frutos: Regina era un primor. Ya casi de diecisiete años, era muy buena alumna y una hija muy respetuosa. Le gustaba mucho el arte, especialmente pintar. La hacienda estaba llena de sus pinturas, que hacían que sus padres sintieran su presencia por todas partes.

Todo era felicidad o, por lo menos, así parecía. Regina sorprendió entonces a su madre con una noticia: estaba tomando clases de pintura junto con su amiga Elvira, la hija menor de Sandra. Esta noticia no habría logrado alarmarla si no hubiera tenido en cuenta la confesión que Sandra le había hecho a Emilia tiempo atrás. Nunca había pensado demasiado en el hecho de que las niñas pudieran ser medio hermanas; su preocupación permanente hasta entonces había sido que Ignacio llegara a estar cerca de su hija. Trató de indagar con cautela sobre esas clases y de mostrar mayor interés. Prometió a Regina que la próxima vez la llevaría a sus clases y la esperaría hasta que terminara para poder conocer a su maestro. Regina no parecía sospechar nada; le encantaba la idea de que su madre se interesara por algo que ella amaba con tanta pasión.

Al llegar al lugar donde se dictaban las clases, Emilia no notó nada fuera de lo común. El maestro era un hombre mayor, de pelo cano. Regina le presentó a su amiga Elvira. Era increíble cuánto se parecía la jovencita a Ignacio, era su vivo retrato. Emilia permaneció sentada en la antesala. Allí, mientras esperaba a su hija, vio llegar a un hombre muy apuesto, de cabello corto entrecano. Al mirarlo con más atención, se dio cuenta de que se trataba de Ignacio. Él no la reconoció. ¿Sería porque ella había cambiado mucho en los últimos diecisiete años? ¿Habría envejecido tanto? ¿Cómo podía ser que ella sí lo hubiera reconocido? ¿Se debería su falta a que él continuaba bebiendo y su memoria estaba completamente adormecida por el alcohol? Sin embargo, se veía muy bien, más maduro pero muy guapo, tan atractivo como siempre. Aunque ya no llevaba la cabellera larga, seguía teniendo ese aspecto de hombre agresivo y salvaje, capaz de despertar la pasión de cualquier mujer.

Emilia tuvo ganas de hablarle y de decirle quién era, pero no se atrevió; demasiados recuerdos habían invadido su mente y su corazón. También la invadían muchas preguntas: ¿qué sería de su vida? ¿Habría decidido vivir con una sola mujer? ¿Continuaría formando parte de la vida de Sandra? Claramente, si estaba allí, sería para recoger a Elvira. Quizás continuaba trabajando en la casa de Sandra, lo que no significaba que siguieran siendo amantes. Emilia prefirió quedarse con todas estas preguntas. El precio de hallarles respuesta era demasiado alto. Su vida era perfecta: su hija sólo conocía una historia, decente, sin vicios ni aberraciones, una historia completamente distinta a la que su madre había vivido realmente.

Muchas veces, a través de los años, Emilia había experimentado una ansiedad extrema. Quería compartir su tragedia de alguna manera. Lo había hecho una vez, con

Sandra, pero no le había servido de mucho. Distinto habría sido si hubiera podido compartir su dolor con alguien más cercano a su corazón. No le importaba si el resultado de su confesión terminaba en repudio o en compasión y perdón. Eso no era lo importante. Lo que importaba era sacarse ese secreto del corazón y, de alguna forma, quitarse el peso de encima. Vivir con una mentira era vivir en la oscuridad.

Emilia pensaba y pensaba; era muy buena para ello, pues se pasaba horas encerrada, y si salía al jardín de su hacienda a recoger rosas, volvía a entrar rápidamente. Felipe nunca le reprochaba nada, no le pedía más. Emilia sentía su vida completa, aunque no del todo, porque también se sentía sola.

V

Felipe y Emilia se comportaban como la pareja tradicional que se esperaba que fueran. Llevaban casados casi dieciocho años. Debían conocerse por completo, pero en realidad no era así. Sus vidas habían sido perturbadas por varios incidentes, el primero de los cuales había sido el accidente de Magdalena. Luego de su muerte, tras más de diez años de haber estado descerebrada, Felipe se volvió más reservado. Al poco tiempo falleció también su madre, Doña Isabel; y Felipe se hundió entonces en sus libros, en sus pacientes y en su Regina, a quien quería muchísimo. Emilia sentía pena por él; no estaba segura de amarlo, pero sí estaba segura del sentimiento de pena que le provocaba. ¿Qué vida era la suya, atendiendo pacientes sin cesar? ¿Qué relevancia le daba a su propia salud? Comía muy poco y estaba pálido y delgado.

Tanta era la preocupación que empezó a sentir Emilia por Felipe, que un día, cuando él estaba en su consultorio, Emilia decidió, para sacarlo de su encierro, llevarle un pastel que acababa de preparar con moras que crecían en el huerto detrás de la casa. Llamó a la puerta pero nadie abrió y empezó a preocuparse porque sabía que Felipe salía temprano a ver a sus pacientes. ¿Qué podría haberle ocurrido? Empezó a ponerse nerviosa. ¿Se habría sentido mal? Intentó entrar por la puerta trasera y, por suerte, la puerta estaba abierta. Entró, nerviosa, buscando a su esposo. Se llevó la sorpresa más grande de su vida: Felipe estaba en la oficina con Marita, la nana de Regina, la sirvienta que había criado a su hija, la mujer a la que ella había confiado la crianza de su pequeña. Felipe y Marita no pudieron negar estar involucrados íntimamente y ser amantes. Emilia sintió que se moría. La ira y el asco la invadieron, pero también sintió vergüenza. Como un relámpago, la imagen de Ignacio cruzó por su mente. ¿Cómo podía reprocharle a Felipe su actitud? ¿Con qué derecho podía hacerlo? Lo único que atinó a hacer fue a retirarse. Luego de haberse quedado mirándolos, congelada por la impresión, salió lentamente, sin pronunciar palabra. Felipe no corrió detrás de ella, sino que permaneció donde estaba.

Al llegar a la casa, que estaba apenas a unos pasos, Emilia trató de pensar qué hacer. ¿Qué ocurriría con su matrimonio? ¿Hablaría con Felipe y le reprocharía su conducta? ¿Valdría la pena hacerlo? Se preguntaba si Felipe también se habría hecho todas esas preguntas diecisiete años atrás, cuando él e Ignacio hablaron. Decidió callar, hacer como si nada hubiese sucedido. Al fin y al cabo, tenía un buen maestro; y si Felipe había podido vivir en silencio durante todos esos años, ella también podría lograrlo.

La imagen de Marita y Felipe juntos rondaba en la cabeza de Emilia. Se veían bien juntos, debían sentirse muy bien como pareja. Marita era una mujer mucho más joven que ella; tenía una belleza muy natural, llevaba la cabellera corta y crespa, tenía ojos negros pequeños pero muy vivaces y una figura que seguramente era lo que más había atraído a Felipe. No era delgada, sino más bien redondita y bajita. ¿Cuánto tiempo habrían estado escondiendo su relación? ¿Serían meses o años? Quería odiar a Marita pero no sentía odio. Tampoco odiaba a Felipe. Al verlos, aunque sintiera morirse, creyó haber sentido especialmente rabia, pero sobre todo por la sorpresa y la impresión. ¿Significaría eso que no quería realmente a Felipe? Si antes había sentido pena por él, ahora ese sentimiento había desaparecido. Felipe había cuidado de sí mismo. ¿Qué tipo de matrimonio era el suyo? Si la sociedad lo supiese... Pero quizás esa era la norma en otras casas también, tal vez ella no era la única en esas circunstancias. Poco a poco se fue tranquilizando y comenzó a racionalizar sus pensamientos. No haría nada al respecto, estaba decidido.

Al llegar Felipe a casa, en la noche, entró muy callado. Emilia lo recibió como siempre, con un beso en la mejilla. Le dijo que vería que todo estuviera listo para que comieran juntos. Conversaron de trivialidades, como si nada hubiese sucedido. Regina se unió a ellos más tarde, sin sospechar nada del asunto.

Felipe y Emilia continuaron así una relación que seguía siendo más o menos lo que siempre había sido: un vínculo de consideración mutua. Sin embargo, el respeto que Emilia solía tener por Felipe ya no era el mismo, aunque aparentara serlo. Imaginaba que Felipe sentía lo mismo hacia ella desde aquella conversación que había tenido con Ignacio. Emilia trataba a Marita con distancia, pero continuó usando sus servicios porque sabía que Regina la quería mucho y porque, de alguna manera, también consideraba los sentimientos de Felipe hacia ella.

Regina progresaba en sus estudios de pintura y salía mucho con otros artistas: asistía a talleres, iba a paseos para capturar lo que ellos llamaban "las mejores vistas". Emilia gozaba viéndola crecer. Lo que Emilia no sospechaba era la influencia que ejercían los amigos en la manera de pensar y actuar de Regina. Poco a poco, la niña tranquila y reservada que siempre había sido se convirtió en un ser rebelde, con ideas llenas de acción y desafíos. También cambió su manera de vestir. Frecuentaba lugares a los que otras muchachas de su edad no habrían ido jamás, como bares donde pululaban escritores, pintores y bohemios de la ciudad. Pasaba horas con ellos y regresaba muy tarde a casa. Felipe no sabía nada de esto. Emilia temía que, al enterarse de las andanzas de Regina, Felipe le prohibiera continuar con su arte. Si había alguien que realmente vivía plenamente en la familia era Regina. Emilia no permitiría que también ella muriera en vida como los demás. Si hasta ahora Felipe no sabía nada, no tenía por qué enterarse en el futuro. Los horarios de padre e hija eran tan distintos que no había manera de que uno supiera del otro. Una vez más, Emilia encubriría otra verdad; parecía que su propósito en la vida era convertirse en encubridora de verdades.

Nada malo le sucedería a su hija. Existían tantos artistas que llevaban ese estilo de vida; ¿qué mal podría hacer frecuentar lugares donde se respiraba tanta pasión y energía? Regina empezó a fumar y a beber. Llegaba tarde, oliendo a cigarrillos y a alcohol; sin embargo, Emilia no pensaba que Regina estuviera bebiendo demasiado porque la veía caminar sin tropezarse. Tampoco tomaba todos los días. Emilia trataba de convencerse de que todo continuaba bien.

Uno de aquellos días, Marita parecía inquieta. Se acercó a Emilia y, con una voz muy temblorosa, le dijo:

—Doña Emilia, perdóneme. Usted sabe cuánto la quiero, yo no sé qué hacer. No quiero que me odie, pero también quiero a Don Felipe y él es tan bueno. Hábleme porque no puedo soportar su silencio.

Emilia no supo cómo reaccionar. No quería humillarse ni tener que hablar de algo tan embarazoso con su sirvienta. Le dijo:

—Marita, tú eres la nana de mi hija, ella te adora. Reconocemos y apreciamos tu trabajo en nuestra casa.

Marita no supo cómo interpretar las palabras de Emilia y se alejó confundida, sin sentirse aliviada. Emilia sabía que Felipe y Marita continuaban viéndose a escondidas. A veces deseaba ser Marita, no porque le interesara tener una relación con Felipe, sino porque le recordaba la emoción que sentía cuando se escapaba para verse con Ignacio. Esperaba que Marita nunca volviese a hablarle, por lo menos no sobre ese asunto.

Regina seguía con sus salidas y no aparentaba estar fuera de control. Continuaba con su arte. En casa, durante los fines de semana, alegraba la vida de sus padres. Pero Emilia comenzó a pensar que en algún momento esas salidas podrían meterla en problemas. Nunca la había confrontado porque Regina nunca había llegado a la casa lo suficientemente bebida como para darle motivos para hacerlo, pero Emilia temía por su hija, sabía que muchos hombres podían aprovecharse de ella. Sin embargo, Regina sabía mucho más de la vida que su madre; además no le faltaban recursos para defenderse y se movía en un mundo que le era totalmente familiar.

Felipe había estado atendiendo a unos pacientes en la ciudad y se le había hecho tarde. Un poco cansado, entró a un bar a tomarse un trago, cosa que no acostumbraba hacer. Su impresión fue grande al ver a su hija en una mesa, fumando y discutiendo acaloradamente con un grupo de hombres. Había alcohol en la mesa y ella tenía un vaso en la mano. Felipe se ofuscó y rápidamente se dirigió hacia ella, la tomó del brazo e intentó sacarla de allí. Regina, un poco mareada, se molestó mucho y empezó a forcejear, tratando de zafarse de la mano de su padre. Los demás hombres no sabían quién era y trataron de defenderla, pensando que se trataba de algún malhechor. Un muchacho alto y fornido agarró a Felipe de la camisa y le pegó en la cara. Felipe reaccionó y trató de defenderse sin éxito. El escándalo que armaron bastó para que la policía llegara al lugar en minutos. Llevaron a Regina, a Felipe y al muchacho que propició los golpes a la comisaría. Allí Felipe explicó todo, el muchacho se disculpó y Felipe y su hija fueron juntos a su casa.

En la hacienda, Emilia los esperaba preocupada pues ya era muy tarde. Cuando llegaron, Regina subió muy ofuscada a su habitación y Felipe se quedó muy callado. Emilia le hizo muchas preguntas, pero él simplemente dijo que había encontrado a su hija en un bar, con mala compañía, fumando y bebiendo como una mujer barata. Emilia no quiso complicar más las cosas y decidió no añadir palabra.

Las siguientes semanas fueron difíciles para la familia. Regina estaba decidida a demostrar su contrariedad ante la conducta de su padre. Se consideraba adulta y no creía necesitar a nadie que le dijera cómo actuar o con quién juntarse. Emilia trató de hablar con su hija pero fue en vano. Al parecer, Regina había crecido más cerca de Marita que de su propia madre, porque a ella sí le confiaba sus secretos. Emilia se sintió muy dolida, pero se resignó a esperar a que la tormenta amainara.

Sin embargo, las cosas empeoraron más aun. Regina continuó saliendo con sus amigos e incluso adquirió un amigo más: el tío de Elvira. Se llevaban muy bien y a pesar de que él doblaba en edad a todos aquellos jóvenes, podían pasar largas horas con él porque tenía muchas anécdotas acerca de cosas que había hecho en su juventud, en tiempos que sonaban muy remotos para Regina y todos sus amigos. Y con el tiempo, el tío de Elvira se fue convirtiendo en una figura infaltable en el grupo.

Felipe no sabía qué hacer con Regina. Quería comprenderla, pero no aprobaba su manera de vivir, que la exponía a los peligros de andar de bar en bar. Así que, aunque Emilia no lo sabía, Felipe seguía a Regina por las noches para asegurarse de que regresara sana y salva a casa.

Una noche, Felipe vio a Regina y a sus amigos en la mesa de un bar y se dio cuenta de que un hombre mayor los acompañaba. Primero sintió alivio al pensar que serían más cautelosos en la presencia de un adulto, pero después, al prestar más atención al individuo, notó con estupefacción que se trataba de Ignacio. ¿Es que no se había podido deshacer de aquel hombre? Era el mal personificado. Sentía que iba a explotar, trataba de controlarse pero le era difícil. Y no pudo controlarse más cuando vio a Ignacio poner el brazo alrededor de los hombros de su hija. Lo mataré, pensó, y se dirigió hacia él casi corriendo.

El grupo se alarmó al ver a Felipe tan contrariado y dispuesto a golpear a Ignacio, pero antes de que llegara a la mesa, Felipe se desplomó inconsciente. Regina corrió hacia él y, llorando, le pidió disculpas. Se armó un gran alboroto alrededor del cuerpo inconsciente de Felipe. La policía llegó y trató de ayudar, hasta que una ambulancia llevó a Felipe al hospital general de la ciudad. Ignacio no había reconocido a Felipe.

Regina llamó a su madre y le informó lo que sucedía. Emilia salió corriendo a ver a su marido y al llegar al hospital encontró a su esposo conectado a varias máquinas. El semblante que tenía era el de un cadáver. El doctor Zambrano estuvo con Emilia y le dijo que el especialista en corazón había diagnosticado un ataque cardiaco y que tendrían que observar a Felipe durante las siguientes cuarenta y ocho horas y esperar que no sufriera otro ataque más fuerte. Regina contó a su madre lo sucedido y cómo su padre se había encolerizado al verla con sus amigos. Emilia no podía entender cómo Felipe podía ofuscarse de esa manera cuando ya sabía el tipo de vida que llevaba su hija.

Cuando Marita apareció en el hospital, Emilia no objetó la visita; es más, Marita pasó día y noche junto a la cama de Felipe. Es cierto que Emilia quería estar al lado de su esposo, pero no quería pelear ese derecho con Marita, así que decidió ceder y verlo sólo durante unas horas y luego marcharse a casa. Los médicos le avisarían si algo llegara a suceder. Evidentemente, Emilia se había convertido en una mujer muy fuerte, o quizás fría. Estaba preparada para lo peor. Le preocupaba Regina, porque de una u otra manera su hija se sentía culpable de la salud del padre. Fue en ese momento cuando Regina prometió a su madre tratar de vivir de la manera que su padre quería, pero con una condición: no dejaría su arte.

Felipe recuperó el conocimiento al segundo día y pidió hablar con Emilia y Regina. Las dos mujeres corrieron asustadas a ver a Felipe. Emilia se preguntaba si su marido divulgaría su secreto ante Regina. El trayecto desde la hacienda hasta el hospital se hacía interminable.

Por su parte, los amigos de Regina, preocupados por la salud del padre de ella, decidieron ir al hospital a visitarlo. Al llegar, se encontraron con que Regina no estaba. Marita, quien conocía a Elvira y a los demás muchachos, los hizo pasar al cuarto. Felipe abrió los ojos y sufrió un gran choque al ver entre los jóvenes a Ignacio. Empezó a atragantarse, trataba de toser y le golpeaban la espalda, pero nada lo aliviaba. Felipe perdió el conocimiento. El médico especialista llegó corriendo y trató de revivirlo, pero no tuvo éxito. Felipe había muerto.

Cuando Emilia y su hija llegaron al hospital, se encontraron con los amigos de Regina con expresión de afectados deambulando por el pasillo al que daba el cuarto de Felipe. No necesitaron explicaciones. Abrieron la puerta y lo encontraron pálido, inmóvil. Marita le sostenía una mano y le besaba la frente, fría como el hielo. Regina cayó de rodillas al suelo y se puso a gritar pidiendo perdón. Emilia trató de calmarla. Era una escena desgarradora. Por la conmoción del momento, Emilia no se percató de la presencia de Ignacio. Él continuaba sin reconocerla.

El velorio de Felipe se realizó en la casa donde había vivido de pequeño con su madre. Emilia lo decidió así porque pensó que la gente que más lo quería y que lo había conocido vivía cerca de esa casa y no de la hacienda donde habían vivido juntos. Muchas personalidades vinieron a despedirse de Felipe. Emilia volvió a ver a mucha gente que no veía desde que había decidido aislarse del mundo. Todos habían cambiado tanto... Ella debía haber cambiado también, entonces recordó que Ignacio no la había reconocido y ya no le llamó la atención que así hubiera sido. Pero, ¿cómo era posible que hasta durante el velorio de su esposo pensara en Ignacio? Trató de olvidarlo, de borrar su nombre, pero fue en vano. Mientras Emilia pensaba esto, Regina se veía inconsolable. Sus amigos la acompañaban en silencio o, alternativamente, trataban de consolarla. Elvira se presentó con su mamá, Sandra, quien, para alivio de Emilia, no llevó consigo a Ignacio.

Emilia miraba el rostro rígido de Felipe y se preguntaba cuán feliz habría sido con ella. Al ver a Marita llorar, sentía que era ella la verdadera viuda de Felipe. ¿Qué farsa estaba viviendo? ¿En qué se había convertido su vida? Estaba harta de guardar ese secreto, demasiado tiempo había vivido con él. Entonces salió al jardín y vio que una gran luna llena alumbraba todo.

Regina empezó a preocupar seriamente a su madre. Le dolía ver que se sintiera tan mal, tan culpable por la muerte del padre. Emilia trataba de convencerla de que no era su culpa, de que no tenía sentido cargar con ese peso. Así, poco a poco, con las palabras dulces de su madre y el apoyo de sus amigos, Regina empezó a sentirse mejor. Ignacio fue una persona clave para la recuperación de Regina; empezaron a ser más amigos y se veían a menudo, muchas veces a solas.

VI

Un día, cuando Ignacio llegó a su casa para recoger a Regina, Emilia se llevó el susto de su vida. Ella lo enfrentó en la entrada y cuestionó su presencia allí, pero Ignacio le explicó que era amigo de Regina. Emilia le dijo que ella era su madre y que, si eran ciertas sus alegaciones, cosa de la que nunca estarían seguros, Regina era también hija suya. Ignacio no podía creer lo que escuchaba; el impacto de aquellas palabras fue tan fuerte que se puso pálido. Estaba asombrado, como atontado. ¿Abrigaría alguna esperanza de conquistar a Regina? A verlo así, Emilia esperó que no hubiesen ido más allá de la amistad, porque eso hubiera sido terrible. Pero no temía mucho porque sabía que Regina gozaba con su grupo y no con alguien en particular, o por lo menos así lo suponía ella. Ignacio pidió a Emilia que le permitiera continuar viendo a Regina; le explicó que ella lo veía como un tío y no tenía de qué preocuparse, pues él velaría por ella siempre. Emilia no supo si confiar o no en él. ¿Habría cambiado? Sabía que Regina seguiría viéndose a escondidas con él de todas formas, así que decidió aceptar la propuesta de Ignacio. Recién en ese momento él se dio cuenta de que Felipe se había escandalizado al verlo y que por eso había tenido el infarto.

Ignacio relató los hechos a Emilia y ésta le dijo a su vez que intentara convencer a Regina de que ella no había sido la causante de la muerte de su padre. No quería que divulgara su secreto, sino que le dijera que su padre había muerto a causa de la impresión de verlo porque él era un antiguo enemigo.

Emilia no podía creer que ahora contaba con el apoyo de Ignacio, su amante del pasado y quizás el padre de su hija. El mundo sí que daba vueltas. De cualquier modo, Regina se apoyaba en Ignacio y se sentía muy reconfortada al contar con su amistad. La vida no era simple, y si había algo que necesitaba su hija era comprensión y un oído que escuchara, el oído que Emilia nunca le había dado. Si Mariana hubiese continuado escuchándola... Si ella misma hubiese escuchado los consejos de Mariana...

Precisamente, Mariana acababa de regresar de Europa, a donde había ido para visitar a su hijo mayor, Alonso, que estudiaba arquitectura en Bruselas. Emilia no veía a su prima desde hacía años; tal vez ya fuera tiempo de reanudar su amistad con ella. Necesitaba la atención que su vieja amiga siempre le había prestado.

Emilia empezó a salir con más frecuencia. Visitó a su prima Mariana, que se alegró muchísimo al verla después de tantos años. Si bien Mariana había madurado, seguía tan bonita como siempre. Joaquín y ella llevaban una vida sosegada, gozando de la vida de pareja madura. Como Alonso vivía en Bélgica y María Fernanda en Venezuela, la casa del matrimonio parecía vacía; no obstante, disfrutaban del tiempo que tenían solos. Joaquín, que continuaba trabajando como arquitecto para la ciudad, planeaba la carretera que llevaba a la selva. Ahora, ya mayor, no tenía que pasarse los días enteros vigilando la obra, sino que dejaba a los arquitectos más jóvenes y se retiraba a casa al comenzar la tarde. Mariana se entretenía con los proyectos sociales de su club de damas. Emilia veía con cierta envidia que su prima hubiera logrado una vida tranquila, dedicada a su esposo y a lo que le gustaba hacer. No por nada Mariana siempre había sido la más prudente de las dos. De haber escuchado los consejos de su prima, tal vez, pensaba Emilia, también ella podría haber gozado de esa clase de vida placentera. Pero sabía que el tiempo no retrocedía.

Mariana no quería o no se atrevía a tocar el tema, pero al final se decidió a preguntar qué había ocurrido con Ignacio. Emilia le contó todo lo sucedido a lo largo de los años. Mariana no salía de su asombro ante todo lo que le había acontecido a su prima; parecía una vida sacada de una novela. Lo más increíble era que el destino había reunido a Ignacio y a Emilia nuevamente. ¿Regina e Ignacio amigos? No, no lo podía creer. Aunque le chocaba la idea, pensaba, y en esto coincidía con Emilia, que la muchacha se beneficiaba de esa amistad.

Mariana y Emilia acordaron verse a menudo y retomar el lazo amistoso que habían tenido cuando jovencitas. El saber que contaba con Mariana para planificar actividades o programas llenaba la vida de Emilia. Quería contagiarse de la paz que irradiaba su prima, quería vivir nuevamente. Acaso la muerte de Felipe y la nueva amistad entre Ignacio y Regina representaran el nacimiento de una nueva Emilia.

Regina, quien quería mucho a Ignacio, un día, conversando con Emilia, le comentó que Ignacio había sido alcohólico pero que desde que la había conocido estaba intentado cambiar su vida. Regina se sentía muy unida a él, de alguna manera se necesitaban mutuamente. Era extraordinario que el destino los hubiera reunido y que se hubieran convertido en grandes amigos. Emilia nunca pensó que podía sentirse de esa manera, pero ahora estaba agradecía por el hecho de que él y Regina fueran tan unidos. Además, Ignacio ayudó a Regina a darse cuenta de que la muerte de Felipe no había tenido nada que ver con ella. Le explicó que su padre se había exaltado porque lo conocía y que, aunque no lo veía hacía muchísimo tiempo, sabía que él había sido alcohólico y pensaba que representaba una terrible influencia para su hija. Esa versión le sonó muy convincente a Regina, así que se sintió aliviada. Ignacio había logrado sacarla del agujero oscuro en que se había hundido.

Poco después, Emilia decidió hacer cambios en la hacienda e hizo traer muchas plantas para alegrar los jardines. Como hacía mucho que no veía a sus amigas de la escuela, organizó, con la ayuda de Mariana, un almuerzo en el jardín más lindo para disfrutar del clima entre aquellas nuevas plantas.

A Regina le daba gusto ver que su madre se animaba cada día más, era evidente que los planes del evento que estaba preparando la hacían sentirse más viva. Madre e hija estaban muy contentas.

Mariana y Emilia prepararon la lista de invitadas. Mariana mencionó a Sandra, a quien ambas conocían aunque no habían estudiado juntas. Emilia le contó sobre la relación que Sandra había tenido, o todavía tenía, con Ignacio, y decidieron no invitarla. El motivo era claro: la confusión en la que Emilia vivía era suficiente, no quería frecuentar a otra amante de Ignacio. Además, tenían con ellas a Marita, la antigua amante de su esposo, que continuaba trabajando en la hacienda y que, muy eficientemente, las ayudaría con los preparativos del almuerzo. Prepararían platos típicos de la región; no sería un almuerzo rígido y de protocolo, sino un momento para relajarse y sentirse a gusto.

Al llegar el día del evento, Emilia estaba tan contenta que olvidó recoger el vestido que había comprado para la ocasión. Apurada, pidió a uno de los sirvientes que la llevara a la ciudad y la esperara en el auto hasta que ella recogiera su traje. Como tardó más de lo previsible, el muchacho empezó a buscarla, pero no sabía a qué tienda había entrado Emilia. Ella no le había dicho adónde iba. Buscándola en muchas tiendas, entró en una de medias para dama y preguntó por ella. La dueña del establecimiento le dijo que conocía el nombre pero que ella no estaba allí y agregó que envidiaba a Doña Emilia porque a ella le gustaría que un joven tan apuesto como él la estuviera buscando. El muchacho se sonrojó y continuó su búsqueda. En el siguiente establecimiento, también de ropa para damas, tampoco estaba Emilia. La gente no entendía por qué una dama se hacía acompañar por un muchacho tan joven y atractivo y no por una amiga o una sirvienta. Ronaldo entró en seis o siete tiendas más sin encontrar a Emilia, hasta que por fin la vio salir muy aprisa de una tienda al otro lado de la calle y corrió hacia ella. Al tratar de cruzar la calle, Emilia tropezó, Ronaldo atinó a agarrarla pero terminó abrazándola, o por lo menos eso fue lo que la gente pudo ver.

Ya en la hacienda, Emilia se apresuró a chequear que todo estuviera listo para el evento. Mariana llegó temprano para ayudar con los detalles de último momento. Todo se veía muy lindo y reinaba un ambiente de alegría. Emilia estaba preciosa. Una a una fueron llegando las invitadas; algunas solas, otras de a dos y hasta de tres. Las conversaciones se entrelazaban en un bullicio total. Regina se alegró de ver tanta vida en la hacienda. Marita también se regocijó de poder tener a tantas mujeres en la casa, aunque no fueran sus amigas. La reunión era una terapia para todas.

Sentada a la gran mesa que se había colocado en el jardín, una de las damas, a modo de broma, mencionó que había visto a Emilia correr por las calles de la ciudad del brazo de un joven guapísimo. Emilia no tomó el comentario con agrado, sobre todo porque su marido había fallecido recientemente, pero en el intento de ser una buena anfitriona, sonrió con gracia. Todas las mujeres rieron al unísono, y luego, una dijo que le gustaría poder contar con un amigo joven como el que tenía Emilia, ante lo cual las demás comenzaron a hacer comentarios de aprobación. Era increíble que cuando realmente había tenido un amante, nadie hubiera sospechado nada, y ahora, que era viuda y mayor y no tenía nada que ver con ningún hombre, se le atribuyera una relación ilícita. El mundo estaba de cabeza. Las bromas al respecto continuaban. Emilia no desmintió nada y prefirió callar, como solía hacer en los últimos tiempos. Por su parte, Mariana se sentía un poco intranquila, como si la vergüenza fuese también suya.

Con excepción del comentario sobre el joven que acompañaba a Emilia, el almuerzo fue un éxito. Las damas pasaron una linda velada, disfrutando al aire libre de la conversación y de la compañía. Mariana y Emilia quedaron satisfechas con el suceso. Cuando todas las invitadas se fueron, Emilia confesó a Mariana cuánto le había enfadado el comentario que había hecho aquella dama. Ronaldo era un joven muy decente, de la edad de Regina, y como si eso fuera poco, era nada menos que el hijo de Marita. Lo conocía desde el día en que Marita comenzó a trabajar en la hacienda, cuando él tenía sólo unos meses. Si no fuera porque Marita había llegado con el bebé en brazos, habría pensado en la posibilidad de que fuera hijo de Felipe.

Emilia estaba muy contenta consigo misma. Salía a menudo a la ciudad y su jardín se veía cada vez mejor.

Pasaba muchas horas en soledad. Regina, aunque bastante unida a su madre, la mayor parte del tiempo estaba en sus clases de pintura y con sus amigos, entre los cuales se encontraba Ignacio. Pero Emilia sentía que debía buscar alguna actividad que llenara sus días. Cuando joven, había empezado a aprender a montar caballo, pero al conocer a Ignacio todo había tomado un rumbo diferente y el proyecto se había ido diluyendo hasta quedar olvidado. Debía volver a montar, eso haría de allí en adelante.

Todavía conservaban el caballo que perteneciera a Felipe, un semental del cual él solía enorgullecerse y al que no había podido dedicarle mucho tiempo debido a la devoción que sentía por sus pacientes. Así, aunque Felipe no hubiera podido gozar de Relámpago, Emilia haría un esfuerzo por conocerlo. Felipe siempre había hablado de él como si se tratara de una criatura sin igual.

Con ayuda de Ronaldo, poco a poco, Emilia comenzó ganar confianza en el manejo de Relámpago y se pasaba horas cabalgando. Ronaldo apreciaba la manera en que Doña Emilia lo trataba, se sentía muy cómodo con ella y pensaba que era una mujer sumamente atractiva e interesante. Emilia trataba a Ronaldo como a un sirviente más, con respeto y consideración, pero sin ningún garbo especial por él. Sin embargo, Ronaldo no creía eso y alardeaba con los demás criados acerca de la preferencia, estima y consideración que ella le tenía. Varios de los sirvientes empezaron a creerle, especialmente porque Emilia pasaba muchas horas en su compañía. Incluso Marita empezó a pensar que existía algo entre ellos, pero no se preocupó porque sabía que su hijo era un buen hombre y que Doña Emilia estaba sola y necesitaba de alguien del mismo modo que ella misma había necesitado de Don Felipe.

Emilia seguía sin ver los sentimientos de Ronaldo; su entusiasmo por la equitación no le permitía ver más allá. Pero un día, Ronaldo le declaró su amor. Esperó el momento adecuado, cuando se encontraron a solas en las lomas detrás de la hacienda, y la cogió por la cintura, como solía hacer para ayudarla a desmontar. Pero esta vez no la soltó, sino que la besó apasionadamente, sin decir nada. Emilia quería abofetearlo, pero al mismo tiempo se dio cuenta de que hacía muchísimo tiempo que no era besada. Sintió ese beso como un recuerdo muy tierno que casi había desaparecido de su memoria. Así que, en lugar de enfadarse, se sintió halagada. Ronaldo no podía creer que Doña Emilia le correspondiese; pensaba que ella era la mujer más hermosa del mundo, y eso fue precisamente lo que le dijo. Emilia se dejó amar y pasaron varias horas juntos. En ese momento Emilia se percató de que Ronaldo era un joven muy apuesto y de que se parecía a Ignacio cuando era joven. Pero esta vez no sentía la pasión arrebatada que había sentido con Ignacio; era pasión, aunque no intensa como antes. Ya no era una jovencita; ahora le pasaba otra cosa: se sentía halagada porque Ronaldo se fijaba en ella y la consideraba atractiva. Contemplaron juntos el cielo, admirando las estrellas y la gran luna que guardaba su secreto.

Ronaldo empezó a ser parte importante de la vida de Emilia. Aunque era mucho menor que ella, la ayudaba emocionalmente y la hacía sentirse protegida. Emilia gozaba de su compañía; eran inseparables. Cada vez que ella recordaba el comentario que le habían hecho sus amigas en aquel almuerzo en el jardín, le parecía increíble que las malas lenguas hubieran empezado a rumorear cuando todavía ella no tenía nada que ver con Ronaldo. Emilia se mostraba ahora siempre alegre, con una sonrisa en el rostro.

VII

Regina empezó a sospechar que existía algo entre su madre y Ronaldo cuando un día, muy temprano en la mañana, la vio salir de la casita en la que él vivía. Quería enfrentar a su madre y hablarle del asunto, pero al mismo tiempo no sabía si tenía el derecho de hacerlo. Al fin y al cabo, su padre había fallecido hacía casi dos años y su madre era una mujer joven y dueña de sus actos. Hablaría con ella, sí, pero esperaría la oportunidad indicada; además, pediría consejo a Ignacio antes de hacerlo.

Cuando Regina habló con Ignacio, no logró entender por qué él se oponía rotundamente a la relación entre Emilia y Ronaldo. Argumentaba que ella era demasiado mayor para él y que la imagen que darían a la sociedad no sería buena. Regina pensaba que Ignacio estaba actuando de manera demasiado anticuada y, aunque siempre quería contar con su opinión, decidió dejarse llevar por su propio instinto.

Ignacio quiso hablar con Emilia, así que fue a visitarla. Ella se sorprendió de que fuera después de tanto tiempo sin verse. Sabía que su hija lo frecuentaba, pero la comunicación entre ellos dos no existía. Al verla, Ignacio le reprochó que mantuviera una relación amorosa con Ronaldo. Emilia reaccionó perpleja e irritada y le respondió que él tenía menos derecho que nadie a hablarle de sus asuntos o entrometerse en su vida privada. Ignacio le contestó que la había amado siempre y que todavía la seguía amando, que nunca se lo había dicho porque trataba de ser indiferente ya que sabía que los mundos en que vivían eran tan distintos que nunca podrían estar juntos. Añadió que al enterarse de su relación con Ronaldo habían revivido en su interior sentimientos que se encontraban dormidos, y en especial unos celos que lo estaban matando. Y que ahora que ya era un hombre mayor, consideró que lo mejor sería hablar con ella para hacerla entrar en razón. Como Felipe había fallecido, le dijo, existía para él una mínima esperanza de que ellos volvieran a unirse, pero que con la presencia de Ronaldo todo volvía a complicarse.

Emilia estaba escuchando a un Ignacio que no conocía. Este hombre, por el que moría cuando era joven, le estaba confesando un amor del pasado. ¡Cuánto habría dado por escuchar esas palabras amorosas antes! Habría dejado todo, hasta el futuro que la esperaba junto a Felipe. Por lo menos, eso era lo que pensaba en ese instante, pero, ¿realmente lo habría hecho? No lo sabía con certeza. Ignacio no se equivocaba: ambos pertenecían a mundos opuestos y no había manera de cambiar las cosas.

En este contexto emocional, Emilia también le confesó su amor; le dijo que él había sido central en su vida y que la había marcado para siempre; que lo que había entre Ronaldo y ella era muy lindo pero nunca podría compararse con lo que existía entre ellos. En fin, que estaba sola y Ronaldo llenaba ese vacío.

Ignacio y Emilia se abrazaron muy fuertemente y se besaron. Volvieron a amarse como lo habían hecho en el pasado, pero sin la pasión alocada que antes los embargaba.

Emilia no podía creer que Ignacio, el hombre que había ocupado sus pensamientos durante su juventud, se convirtiera en el amor de su madurez. Por primera vez en su vida se sentía completamente feliz. A lo largo de los años, se había ido acostumbrado a vivir a medias, siempre contentándose con lo que tenía y muchas veces simulando bienestar. ¿Cambiaría su vida a estas alturas? ¿Dios habría planeado todo esto para ella? ¿Ya no habría más secretos? ¿Deberían hablar con Regina de su amor y comunicarle que Ignacio era su padre? No, nunca habían podido confirmar la paternidad de Ignacio. Quizás ahora, con el avance de la tecnología, podrían efectuar exámenes para comprobarlo. Tras pensar todo esto, Emilia se propuso hablar con Ignacio para planear cómo proceder. De algo estaba segura: Regina tenía que saber que ellos se amaban y que se habían conocido de jóvenes, antes de que ella se casara con Felipe.

Ignacio quería mucho a Regina y al escuchar a Emilia le dio la razón: debían contarle la historia de su amor. Aunque Ignacio tampoco estaba seguro de que Regina fuera su hija, a pesar de haberlo jurado en el pasado, él la quería como propia. Ambos deseaban lo mejor para ella.

Regina se alegró al saber del amor existente entre sus seres más queridos. Se habían convertido en una familia feliz. Ella recordaba con mucho amor a su padre, pero pensaba que su madre tenía todo el derecho del mundo a rehacer su vida, sobre todo si lo hacía con Ignacio.

La sociedad había cambiado mucho. En el pasado hubiera sido imposible que Emilia se relacionara con un hombre como Ignacio. Ahora, sin embargo, estaba decidida a seguir lo que le dictaba su corazón y caminaba sin problema del brazo de Ignacio por todos lados. Si la gente quería hablar, lo iba a hacer incluso sin motivo. Además, ella no tenía que rendirle cuentas a nadie, sólo a sí misma. En definitiva, hasta existía la posibilidad de que Ignacio fuera el padre de su hija. El destino le estaba regalando un buen momento y ella estaba dispuesta al desafío; había pasado demasiado tiempo enclaustrada, tratando de no sentir y reduciéndose a la mera existencia. La vida volvía a tener sentido. A pesar de que su hija llenaba su vida, era indudable cuánto la emocionaba que Ignacio regresara a su lado.

Emilia estaba muy contenta, pero la afligía pensar en Ronaldo. Había dejado de verlo sin haber tenido la oportunidad de explicarle por qué se había alejado, por eso fue a verlo. Él estaba allí, trabajando con los caballos. Como era un joven muy reservado y tímido, no levantó la mirada, sino que, luego de saludarla con respeto, volvió sus ojos a su trabajo. Emilia, como si fuera su madre, le cogió de la barbilla y le habló con ternura:

—Ronaldo, quiero que sepas que, aunque pasamos momentos muy hermosos juntos, me he dado cuenta de que estaba equivocada. Soy una mujer demasiado mayor para ti, podría ser tu madre. Espero que me comprendas y me perdones. Te deseo lo mejor. Siempre vas a tener un lugar en esta hacienda, y tu madre también.

Ronaldo, que no poseía una naturaleza agresiva, simplemente escuchó lo que Emilia tenía para decirle y, sin pronunciar palabra, continuó con su labor. Emilia salió del establo con lágrimas en los ojos.

Ignacio pasaba casualmente por el establo cuando vio a Emilia llorando. Preocupado, entró a ver quién estaba allí y se encontró con Ronaldo. Ofuscado por una rabia que no sentía desde que era joven, Ignacio desafío a Ronaldo; lo cogió por la camisa y le dijo que no se atreviera a acercarse a Emilia porque era su mujer. En respuesta al desafío, Ronaldo soltó un puñetazo que dejó a Ignacio tirado sobre el heno. Ciertamente, era un joven reservado y respetuoso, pero no iba a soportar la impetuosidad de un extraño. Ignacio se incorporó y trató de continuar peleando, pero no pudo con la juventud de su contrincante, que, a patadas, sacó a Ignacio del establo y lo dejó en la entrada de la hacienda.

Al llegar a casa, Regina se encontró con que Ignacio estaba inconsciente y malherido. Corrió a pedir ayuda a Emilia y a Ronaldo, quien se negó a ayudar argumentando que se trataba del hombre al que Emilia amaba. Al mismo tiempo, confesó haber sido el que había dejado a Ignacio en ese estado. Emilia le pidió que se alejara de la hacienda, por lo menos por esa noche; más adelante hablarían. Ronaldo se marchó llevándose todo lo que le pertenecía. Su madre, Marita, quedó muy triste por su partida.

Emilia y Regina se encargaron de cuidar a Ignacio. No necesitó atención médica, pero estuvo adolorido por un par de días. Ignacio no quería hablar del asunto y se sentía avergonzado de haber terminado tirado en el polvo; su orgullo de hombre fuerte le impedía tocar el tema. Emilia quería hacerle entender que ese día había sido ella la que había propiciado el encuentro con Ronaldo y que él no había tratado de oponerse a su decisión, sino que, respetuosamente, la había escuchado y guardado silencio. Ignacio escuchaba los argumentos de Emilia, pero nada quería saber de Ronaldo; no quería volver a verlo por la hacienda o cerca de Emilia nunca más. Ella le rogó que recapacitara ya que pensaba que el muchacho no encontraría trabajo fácilmente, en especial después de haber salido de la hacienda de esa manera. Necesitaría referencias, y las únicas que tenía eran las suyas.

Ronaldo deambulaba por la ciudad sin un centavo en el bolsillo. Había pasado toda su vida en la hacienda. Tras entrar a buscar trabajo en un restaurante en el centro, el dueño le dijo que lo emplearía como mesero pero que, a la menor falla, lo despediría. Además, lo amenazó con llamar a la policía si lo veía involucrarse con las clientas. ¿De qué le estaba hablando? Él sólo estaba buscando trabajo y ya no quería enredarse en juegos similares al que había tenido con Emilia, ya no quería tener nada que ver con las mujeres, por lo menos por un tiempo. Empezaría a trabajar de inmediato.

Como no tenía un lugar donde quedarse, el dueño del restaurante le dijo que le daría posada pero que la renta tendría que salir de su salario. Ronaldo esperaba que no se tratara de una estafa. Con todo, no estaba tan mal: tendría un trabajo y un lugar donde vivir. Pensaba que ya era hora de independizarse: ¿quién sigue viviendo con su madre a los veinte años?

Emilia preguntó a Marita por Ronaldo. Ella le dijo que no había sabido nada de él desde su partida de la hacienda, hacía más de tres semanas. Aunque estaba angustiada por su hijo, Marita sabía que era un muchacho bueno y muy esforzado; encontraría trabajo pronto.

Regina continuaba con sus clases de pintura. Esta vez había decidido empezar cursos en la Casa de la Cultura, una institución muy antigua en la ciudad que tenía muy buenos maestros, tanto de música como de danza, pintura y arte en general. Se inscribió a una clase a la que sus amigos no concurrían; la dictaba un profesor italiano, un hombre mayor que había venido de Florencia a pasar unos meses de estudio en Trujillo. Sus clases eran muy interesantes, aunque el maestro dictaba el curso de manera muy aburrida y la mayoría de los alumnos estaban cansados de la rutina. Poco a poco, más de una tercera parte de la clase fue dejando de asistir. Regina continuaba porque se sentía mal por el maestro. Las clases eran muy buenas, pero él no tenía la paciencia necesaria para dictarlas. Pensó que en unas semanas la tortura habría terminado y podría apuntarse con un profesor distinto, que pudiera mantenerla despierta.

Ignacio había olvidado, o tratado de olvidar, el percance que había tenido con Ronaldo, aunque todavía le quedaba, a modo de recordatorio, un pequeño corte junto a la ceja izquierda, que le daba aspecto de enfadado. Él y Emilia habían prometido no mencionar nunca más el nombre del muchacho.

La vida en la hacienda era muy placentera. Aunque Felipe no había hecho una fortuna, lo que había dejado como herencia era más que suficiente para Emilia y Regina. Ignacio no quería aprovecharse, así que trabajaba manteniendo la hacienda en buen estado. Incluso plantó muchos frutales y plantas en el huerto de Emilia, y estaba logrando llevar los frutos al mercado mayorista en la ciudad una vez por semana. No necesitaban más. Ignacio era un hombre sencillo que gozaba de la paz del campo, de poder estar en paz consigo mismo y de contar con la compañía de Emilia y Regina, que llenaban su mundo por completo.

Mientras tanto, Ronaldo continuaba progresando en su trabajo en el restaurante. Aunque más de una mujer madura tratara de insinuársele, Ronaldo había logrado evitar involucrarse con ellas y mantener su trabajo, tal como le había prometido al dueño del lugar. Así fue como logró ahorrar dinero paulatinamente, y en la primera ocasión que tuvo dejó el restaurante y abrió su propio negocio en un rinconcito que alquiló al lado del cine Ideal, que era muy frecuentado por la gente de la ciudad. Vendía periódicos, golosinas, boletos de lotería, cigarrillos y todo aquello que era muy demandado por sus clientes, los asiduos concurrentes de aquel cine.

Cuando Regina estaba ya casi terminando su curso de pintura con el maestro Olcese, se dio cuenta de que había aprendido muchísimo con él, quien había desarrollado su técnica a través de años de estudio y experiencia. Fue compenetrándose cada vez más en ese arte y decidió continuar con el maestro porque, realmente, ayudaba a su desarrollo como artista. El maestro Olcese no era tonto y sabía que muchos de sus alumnos habían desertado de sus clases por demasiado aburridas. De cualquiera manera, él no iba a cambiar su forma de dar clase para entretener a sus alumnos; la experiencia le había enseñado que lo que realmente valía se aprendía con esfuerzo, tenacidad y muchísima paciencia. Y así lo repetía a sus alumnos, por lo menos a los que se quedaban para escuchar y aprender.

Al término del curso, su alumnado inicial de veinticinco estudiantes se había visto reducido a menos de ocho. El maestro Olcese apreciaba el trabajo de Regina y, aunque no solía alabar a sus alumnos, trataba de que ella supiera que sus obras eran buenas y que contaban con su aprobación. Regina sabía que el viejo maestro era un hombre de pocas palabras, pero se daba cuenta de que gozaba de su protección. Regina era su protegida y sus compañeros lo sabían.

Un día, Ronaldo decidió visitar a su madre considerando que estaría preocupada porque no tenía noticias suyas desde hacía meses; no era justo que la castigara de esa manera. Se presentó en la hacienda pensando en decir, ante todo, que no venía a buscar problemas. Pero al entrar, se encontró con Ignacio, quien se encolerizó al verlo. Ronaldo pidió con respeto que lo dejara hablar, y afortunadamente Ignacio lo escuchó, aunque agitado por la rabia. Se expresó con dignidad diciendo:

—No tengo control sobre el destino ni sobre las cosas que hayan sucedido en el pasado, pero sí puedo responder por mis decisiones y acciones en el presente y, con la ayuda de Dios, por las del futuro. Mi madre me ha enseñado a ser un hombre decente y no voy a empezar a hacer lo contrario a esta altura de mi vida. Quisiera que me disculpe por haber perdido los estribos. Conocí a Doña Emilia en circunstancias que usted no desconoce. Me gustaría poder venir a visitar a mi madre con frecuencia y contar con su aprobación.

Ignacio quedó convencido de inmediato de la sinceridad de las palabras del muchacho y optó por perdonarlo. Como él había dicho, no era culpa suya que el destino hubiese jugado con Emilia e Ignacio. Ya era hora de dejar de lado tanto rencor. En definitiva, el corazón de Emilia le pertenecía y Marita era una buena mujer que no tenía por qué pagar las consecuencias de todo este enredo.

Emilia salió al jardín al ver a Ronaldo e Ignacio juntos. Se esperaba lo peor, pero al verlos calmados e incluso dándose la mano, se tranquilizó. Fue corriendo a llamar a Marita, ya que sabía, como madre, que ella se alegraría infinitamente al ver a su hijo. Madre e hijo caminaron juntos llorando y abrazándose. Como broche final de aquel trato cortés con Ignacio, Ronaldo solicitó permiso a la pareja para poder visitar a su madre todos los meses y ellos se lo otorgaron.

Emilia e Ignacio se daban cuenta de que el tiempo no pasaba en vano porque ambos habían crecido y madurado. Resultaba hermoso madurar y envejecer juntos. Nunca antes hubieran imaginado que Dios había querido eso para ellos desde el comienzo.

Cuando Regina se enteró de que Ronaldo había estado en la hacienda se alegró mucho; ella lo quería como a un hermano y muchísimo más todavía quería a Marita. ¡Qué alegría saber que le iba bien al hijo de su nana y que, de alguna manera, el hecho de haber salido de la hacienda le había servido para conocerse más a sí mismo y para empezar su propia vida! Pensó que algún día seguiría sus pasos. Le encantaba vivir en la hacienda, pero quería tener su propio lugar y encaminarse en algo que fuera propio.

En la Casa de la Cultura, Regina conoció a varios estudiantes extranjeros: unos europeos y otros asiáticos. Se había formado un grupo muy interesante que la hacía sentir distinta y que la enriquecía con todo lo que aportaba. Su mundo siempre había girado únicamente en torno a su hacienda y a Trujillo, nunca había salido de la ciudad; sólo había ido a la capital un par de veces, cuando su padre vivía, para ver algún desfile o para acompañarlo cuando quiso vender uno de sus potros. Cuando sus amigos hablaban de sus tierras lejanas, Regina soñaba con viajar por todo el mundo. Y en ese momento decidió que era eso lo que quería hacer. Se inscribiría, con la ayuda de maestro Olcese, en alguna academia o instituto de Europa. Todavía no había escogido un país específico, pero pronto lo haría.

Una tarde, Regina llegó a la hacienda con la noticia de sus deseos por viajar. Emilia estaba contenta por ella, pero no pudo ocultar su preocupación de que estuviera lejos y sola. Ignacio sabía que no podía opinar mucho al respecto porque no era su padre, aunque sabía que Regina respetaba su opinión. Callado, no dijo nada y se limitó a escuchar la conversación de las dos mujeres. Regina, sin embargo, pidió su opinión y él le dijo que le encantaba que ella quisiera abrir sus horizontes como artista y como persona, pero que se preocupaba, igual que su madre, por el hecho de que estuviera sola. Regina entendía la preocupación de ambos, pero les aseguró que buscaría un lugar seguro donde vivir y que estaría en constante comunicación con ellos. Además, el viaje no sería inmediato, todavía había muchos preparativos por hacer; su plan era viajar un par de meses adelante. Ignacio y Emilia se sintieron aliviados al ver que Regina era prudente. En realidad, ella siempre había sido así.

VIII

Ronaldo continuaba progresando. Su negocio prosperaba y ahora ya se había mudado al centro de la ciudad, donde su establecimiento era muy amplio. Vendía artefactos electrodomésticos. Sabía que importando productos atraería una gran clientela dado que las señoras de la ciudad gustaban de alardear con tener los mejores artefactos de las marcas más conocidas en el mercado, y si eran importados, mejor aun.

Poco a poco, Ronaldo empezó a frecuentar círculos sociales a los que su madre nunca habría podido pertenecer. Gracias al auge de su negocio y a su carisma, pronto pudo sentarse a discutir socialmente con los dignatarios de la ciudad y empezó a ser conocido como el soltero más codiciado de Trujillo. Ronaldo continuaba tan reservado y respetuoso como siempre, así que simplemente se enorgullecía de su trabajo y de lo duro que había sido conseguir llegar hasta donde había llegado. Su madre se sentía sumamente contenta de poder visitarlo en su tienda y de asistir a los distintos eventos culturales a los que su hijo era invitado. Marita rogaba al cielo que Ronaldo conociera a una joven decente que pudiera hacerlo feliz. Con tanta gente aprovechadora, temía que las mujeres estuvieran al acecho de su dinero. Ronaldo no tenía intenciones de comprometerse o de casarse, sino que continuaba trabajando duro. Tenía en mente una gran meta: llegar a ser el alcalde de la ciudad. Su madre lo escuchaba con orgullo, pero le decía que no compartiera su sueño con nadie; la gente era muy envidiosa y harían lo imposible para verlo destruido. Ronaldo, que creía en la bondad innata de las personas, escuchaba los consejos de su madre como si vinieran de alguien lleno de rencor y pesimismo, aunque, al mismo tiempo, confiaba en su sabiduría y en sus años de experiencia. En definitiva: dudaba. Por ello, finalmente, le prometió que se conduciría con mucha cautela.

Regina habló con el maestro Olcese para que le recomendara una escuela de arte en Europa. Alfredo, nombre por el cual pidió ser llamado en adelante, le recordó que Italia era la cuna del arte. A Regina no le sorprendió que le recomendara estudiar en su propia tierra, pero también sabía que el maestro solía ser muy objetivo en sus comentarios y opiniones, y que entonces seguramente Italia sería el mejor lugar para ir a ampliar sus horizontes artísticos.

Regina y Alfredo continuarían delineando el viaje: él le proporcionaría folletos y libros para poder escoger mejor; se trataba de decidirse por una escuela y, al llegar a Italia, inscribirse en la que hubieran elegido no sería tan complicado.

Emilia e Ignacio se sentían mejor sabiendo que Regina contaba con la asesoría de Alfredo. Aunque iban a extrañarla, ese viaje constituía un gran paso en su vida como artista y como adulta. Las siguientes semanas serían las últimas que podrían disfrutar de la vivacidad y alegría de Regina. A Emilia le parecía mentira que su pequeña hubiese crecido tan rápido. Empezó a acordarse de los sucesos de su vida desde el nacimiento de Regina. Ella siempre había sido una niña tranquila y muy observadora, a la que le encantaba aprender todo acerca de la naturaleza. Muchas veces en la escuela se había metido en problemas porque para ella el tiempo pasaba sin que se diera cuenta. Varias veces la Madre Superiora del colegio había llamado a Emilia para conversar con ella acerca de la manera en que su hija perdía el tiempo. No era una niña irrespetuosa, sino que al menor revoletear de una mariposa se descuidaba y terminaba dibujando el insecto en lugar de prestar atención a su maestra. Sus amigas le tomaban el pelo porque pensaban que era demasiado despistada e incluso algo sonsa. Emilia nunca pensó de esa manera y la dejó ser como era: un alma llena de sensibilidad, lista a embarcarse en toda clase de aventuras, aunque fueran simplemente producto de su imaginación. Así había transcurrido su infancia, entre estudios y sueños. La hacienda había sido el escenario perfecto para una niña como Regina; allí todo crecía en armonía: las flores, las plantas, los animales y ella misma. De modo que, cuando tendría unos nueve años, Regina pidió a su madre que le comprara un cachorrito; no quería ningún perrito de raza pura, sino uno que necesitara cariño porque, como ella había dicho, "sería su mamá". Regina conversó con Felipe y, juntos, pensaron en sorprenderla para su cumpleaños número diez con un cachorrito pastor alemán, que sólo por pura casualidad había resultado ser de pura raza. Regina no sabía nada de la sorpresa y el día de su cumpleaños, cuando empezaban a llegar sus amiguitos a la fiesta que le habían preparado, escuchó ruidos detrás del huerto en que su madre cultivaba rabanitos y tomates. Se trataba de un lindo conejito, muy pequeñito, que se había quedado atascado en una de las enredaderas y que tenía herida una pata. A

Regina no le importó estar con su vestido de cumpleaños y se lanzó, sin pensarlo dos veces, a socorrer al conejo. Al enterarse del alboroto, Felipe fue a ver qué sucedía y encontró a Regina con tierra en todo el vestido y orgullosa de haber salvado al animal. Preguntó a sus padres: "Papá, mamá, ¿me puedo quedar con el conejito, por favor?". Emilia, horrorizada por el aspecto que presentaba la pequeña y al ver a los invitados en la sala, le dijo que sí pero que corriera a cambiarse. Felipe no tenía ningún problema; sólo le dijo que no se trataba de un conejo sino de una liebre salvaje. Regina no notaba mucho la diferencia, así que no pensó demasiado en ello y, contenta, se llevó al animalito a su habitación. Emilia corrió detrás de ella, le quitó la liebre y se la entregó a uno de los criados para que la pusieran en un corral, cerca del huerto.

En otra ocasión, ya mayor, Regina se apenó mucho al ver que habían talado un árbol bajo a cuya sombra ella solía sentarse a leer durante las horas del día. Sus padres le explicaron que se trataba de un viejo roble cuyo interior se había ido quedando vacío y que temían que cayera sobre la casa que ocupaban Marita y su hijo. Regina lloró mucho y, aunque entendía la razón que sus padres le daban, no podía dejar de estar triste por la pérdida de un gran amigo. Quizás fue entonces cuando empezó a pintar, para disipar sus penas. Dibujó una gran cantidad de árboles, todos con aspecto de tristeza pero, a la vez, hermosos; algunos tenían expresiones humanas, con ojos, nariz y boca. Emilia adoraba a su hija y sabía cuán especial y sensible era, pero la apenaba pensar que pudiera sufrir en un mundo tan duro y cruel. La sensibilidad era un gran don, sin duda, pero no una cualidad que pudiera defenderla del dolor que causa la vida.

Emilia sintió que Regina hacía bien en viajar y en tratar de convertirse en la mejor pintora que pudiese ser. Su hija vivía para la pintura y para plasmar la belleza del universo. Trató de concentrarse en ayudarla a planificar su viaje.

Alfredo debía regresar pronto a su patria y Regina aceptó la invitación que él le hizo cuando se ofreció a acompañarla a Italia. A Regina le pareció una gran idea porque, en definitiva, no conocía a nadie allá y su madre e Ignacio se sentirían mejor si ella iba acompañada. En efecto, Emilia e Ignacio estuvieron contentos de saber que Regina tendría alguien en quien apoyarse, alguien que también la guiaría profesionalmente.

Regina y Alfredo viajaron juntos a Florencia. Él pensó que Regina podría estudiar allí ya que de ese modo le resultaría más fácil guiarla al estar cerca de ella. Además, había una gran cantidad de escuelas de renombre en la ciudad. Los primeros días fueron de ensueño para Regina: todo era nuevo y distinto. Le encantaba salir y pasear, conocer la ciudad y la gente. Alfredo la hospedó en su casa, donde vivía con su esposa Rafaella, con quien estaba hacía más de diez años, y con sus dos hijas, Renata y Fiorella, que tenían una diez y la otra, siete años. Regina se sentía muy cómoda con ellos porque llevaban una vida muy hogareña, muy similar a la que ella había vivido de pequeña. No podía creer que Alfredo hubiese pasado tanto tiempo fuera de su hogar, sin ver a "sus mujeres", como él las llamaba.

Sin embargo, Regina sabía que no podía estar siempre allí; tenía que independizarse porque no quería representar una carga para Alfredo, que ya la había ayudado lo suficiente. Así que consiguió un trabajo como niñera de una familia muy adinerada: cuidaría de los hijos de la pareja y, a la vez, le permitirían que viviera con ellos. Cuando dio la noticia a Alfredo, el maestro no pareció muy alegre del gran logro de su protegida, sino que más bien se mostró triste. Le pidió que no dejara de visitarlos y que siempre contara con ellos. Aunque no la vería en el instituto de arte al que ella asistía, podrían encontrarse cuando quisiera y continuaría guiándola en lo que necesitara. También le dijo que tuviera cuidado, ya que la gente podría aprovecharse de una joven que estaba sola. Le pidió que le prometiera contactarlo ante el menor percance.

Regina apreció mucho los consejos de Alfredo, pero pensaba que se preocupaba demasiado. Ella ya era una mujer de veintiún años, no una chiquilla de dieciséis. Aunque nunca había tenido novio, sabía que los hombres podían jugar con sus sentimientos y cuidaba de no involucrarse sentimentalmente con nadie. Por otra parte, no era el motivo de su viaje; estaba allí para aprender y desarrollarse como artista, noviazgos y romances podrían esperar a su regreso a Trujillo.

La familia con la que vivía Regina era muy amable; Stella y Fabio Pellegrino apenas si tendrían veinticinco años y su único hijo, Antonio, tenía tres. Los padres de Fabio eran herederos de una empresa millonaria de diseño que les había dejado el abuelo paterno. Así que vivían con mucho lujo, en una casa maravillosa. Tenían también un par de casas de verano en otras zonas del país. Regina no estaba impresionada por el dinero, sino por la frialdad de la pareja: pasaban sólo dos o tres horas juntos y menos tiempo aun compartían con el niño, que crecía alrededor de la servidumbre. No obstante, Stella y Fabio tenían en gran consideración a Regina; sabían que era una señorita educada y de buena familia. Regina no tenía problemas con ellos y se encargaba de cuidar de Antonio y de atender sus clases. Su vida transcurría sin novedad.

Continuó siendo así durante los primeros meses de su vida en Italia, hasta que, sin darse cuenta, un día notó que Fabio empezaba a comportarse de una manera demasiado descarada con ella. Esperaba a que su esposa se hubiese ido a la calle para subir a buscar a Regina a su habitación. Ella, muy correcta siempre, no daba pie a ningún malentendido. Fabio era muy atractivo, atlético, de ojos verdes y grandes, cabello oscuro ondulado, nariz muy masculina y alto. Regina no podía negar que se sentía atraída por él, pero no podía dejarse llevar por sus emociones. Necesitaba el trabajo y quería conservarlo. No tenía ninguna amiga en quien confiar y su madre e Ignacio se preocuparían sobremanera en el caso de enterarse de los juegos de su jefe. Decidió ser firme y muy oficial. Lo peor de todo era que, como Stella nunca estaba en la casa, Fabio mandaba al niño con los sirvientes para quedarse a solas con Regina.

Una noche, cuando Regina ya se había retirado a su habitación y todos estaban durmiendo, escuchó ruidos en las escaleras. No necesitó esforzarse demasiado para darse cuenta de que se trataba de Fabio: allí estaba, sin camisa, subiendo a verla. Regina le demostró lo contrariada que estaba, pero Fabio no escuchó razones y le ordenó entrar en su habitación. Ella no quería que Stella se enterara de lo que pudiera suceder; fue débil y se dejó amar. La atormentaba reconocer que el juego que había iniciado Fabio le gustaba. Luchaba dentro de sí, pero era débil. Y a partir de ese día, Fabio comenzó a frecuentar la habitación de Regina sin que Stella se enterara.

Regina se sentía muy mal pero al mismo tiempo todo era nuevo para ella. No veía ni siquiera una mínima señal de amor, o por lo menos de cariño, entre Stella y Fabio. Pensando esto intentaba justificar lo que le estaba sucediendo con él, al tiempo que sabía que debía salir de esa casa. Se decía que no podía vivir en secreto sabiendo que estaba en falta.

Un día, sin mayores explicaciones, Regina informó a Stella y a Fabio que tenía que marcharse porque había conseguido otro trabajo que estaba relacionado con sus estudios. Stella le dijo que lamentaba mucho su partida y que la extrañarían; pero Fabio se mostró enfadado. Regina no permitió que él entrara nuevamente a su habitación y se marchó de inmediato. El mismo día en que Regina salió con sus maletas, vio entrar en la sala grande de la casa a una muchacha alta, de figura voluptuosa, cabellera larga y rubia y cara muy maquillada. Escuchó que se presentaba para el puesto de niñera. Regina estuvo segura de que Fabio contrataría a la muchacha de inmediato; era la niñera perfecta para él.

Regina fue a visitar a Alfredo, quien se sorprendió al saber que ésta había renunciado: la había visto antes muy contenta y la casa donde trabajaba estaba a sólo unas cuadras de la escuela de arte. Regina no quiso entrar en detalles acerca de lo ocurrido; conocía a Alfredo desde hacía varios años pero la relación que mantenía con él no le permitía hablar de su vida privada. De alguna manera, Alfredo intuyó lo que había pasado y le dijo que era justamente a ese peligro al que él se había referido cuando habían arribado a Florencia. Regina lloró mucho. Era la primera vez que hablaba de algo tan íntimo y se sentía muy mal. Alfredo la consoló y le pidió que no se sintiera avergonzada ya que había tomado la decisión correcta y eso era lo importante. Se acercó a ella y le dio un beso en la mejilla. Regina no esperaba tanta dulzura de un hombre que al comienzo había logrado poner a dormir a más de la mitad de su clase. Levantó la cabeza, le ofreció los labios y Alfredo la besó apasionadamente. Regina se sintió invadida por una pasión que no había sentido jamás. Fabio había sido el primer hombre con que había estado, pero con Alfredo estaba sintiendo algo completamente distinto. No quiso pensar en lo que era correcto ni tampoco en Rafaella, Renata y Fiorella, aunque no podía evitar que sus nombres resonaran en su cerebro. Estaban en casa de Alfredo y temía que alguien llegara y los encontrara. Alfredo le dijo:

—No temas, no hay nadie en casa y no van a regresar. Rafaella y las niñas me han abandonado hace dos semanas.

Regina se sintió aliviada al saber que no estaba causando daño a la familia, se dejó llevar y amó con locura a Alfredo. Mientras él la besaba con pasión, ella pudo ver, con el rabillo del ojo, una hermosísima luna llena. Él le pidió que se quedase a vivir con él. Era el momento perfecto: ella no tenía a dónde ir y él estaba solo. Regina estuvo a punto de acceder, pero recapacitó y decidió conseguir un lugar en los dormitorios para estudiantes de la escuela de arte. Pensó que sería mejor ir conociendo a Alfredo poco a poco, ya que sólo lo conocía como maestro y amigo, pero no como amante. Esto añadía una nueva faceta a lo que Alfredo representaba para ella. Alfredo, hombre a todas luces sensato, aceptó. Volvió a besarla y se amaron apasionadamente.

Regina no podía creer todo lo que le había sucedido en apenas unos meses de estadía en Italia. No estaba segura de que su relación con Alfredo fuera la adecuada. Primero había caído con Fabio y, unos días más tarde, había vuelto a caer con Alfredo. Quizás simplemente se trataba de una atracción física; pero todo era nuevo para ella. Estaba descubriendo cómo era estar con un hombre y se sentía confundida. En este sentido, se felicitó por haber decidido no mudarse a vivir con Alfredo.

Alfredo estaba muy contento, pues durante mucho tiempo había estado enamorado de Regina en secreto. Siempre la había querido, pero nunca se lo había confesado. Al conocerla, había pensado que la diferencia de edad entre ellos era demasiado grande y que su relación sería imposible: ella tenía veintiuno y él casi cuarenta y dos. Como Regina llegó a conocer a Rafaella y a las niñas, tampoco resultó oportuno confesarle su amor mediando su familia. No obstante, las diferencias constantes entre Rafaella y Alfredo, causadas especialmente por los viajes de él, propiciaban peleas. Al parecer, la última discusión había sido de otra índole: Rafaella había decidido confesar su desamor por Alfredo y le había anunciado que prefería estar sola y rehacer su vida, con las niñas, en su pueblo natal. Alfredo podría visitarlas cada vez que quisiera. No se divorciarían para proteger a las niñas, pero cuando ellas fueran mayores de edad harían oficial su separación. Aunque Alfredo consideraba que su situación sería poco idónea y que extrañaría a sus hijas, pensó que Rafaella tenía derecho a ser feliz. Él había dejado solas demasiado tiempo a su mujer y a sus hijas siguiendo el rumbo de su profesión. Las chicas lo extrañarían, pero extrañarían más aun a su madre; estarían bien con ella.

Al enterarse de lo que le había sucedido a Regina, el sol volvió a brillar para Alfredo. Ella era una muchacha maravillosa y pensar que pudiese llegar a corresponder su amor lo llenaba de esperanza.

Entretanto, Emilia no sabía mucho de Regina y sólo esperaba que estuviera bien. Hablaban una vez al mes y, sobre todo, conversaban acerca de sus estudios. Esperaba que todo estuviera bien con su hija, pues la amaba y la extrañaba muchísimo. Ignacio continuaba cuidando del huerto. Junto a Emilia, vivía una vida tranquila, esperando siempre novedades de Regina.

Pasaron por lo menos dos años y Regina mantenía su relación con Alfredo. No le había comentado nada a su madre porque sabía que se preocuparía puesto que Alfredo la doblaba en edad. Durante todo aquel tiempo en Italia no había conocido a nadie de su edad que la hiciera sentir de la manera que se sentía con él. Quizás esto se debía a que antes habían sido grandes amigos. Al convertirse en amantes, no habían sino profundizado su relación. Se sentía la mujer más feliz del mundo: sus estudios progresaban, su vida en el dormitorio de estudiantes transcurría sin novedad y, aunque tenía un par de amigas y un grupo de estudiantes con los que salía de vez en cuando, su mundo se reducía a Alfredo.

IX

Alfredo quería formalizar su vínculo y casarse con Regina. Ella comprendía lo que había sucedido con Rafaella y por qué no se habían divorciado aún. Alfredo prometió a Regina que hablaría con Rafaella para llegar a un acuerdo.

Para sorpresa de Alfredo y Regina, Rafaella accedió a proceder con el divorcio porque había conocido a un hombre que quería casarse con ella y adoptar a sus hijas. Al comienzo, Alfredo, aunque alegre por la noticia de poder casarse con Regina, se negó a aceptar que el futuro esposo de Rafaella adoptara a sus hijas, pero después, luego de haber conversado con Regina, decidió acceder. Según Rafaella, la adopción era lo mejor para las niñas; así evitarían confundirlas y ayudarían a que los demás niños las aceptaran mejor. Alfredo siempre podría visitarlas; ellas sabían que él era su padre biológico.

Cuando Alfredo hubo confirmado que podía casarse con Regina, ella decidió dar la noticia a su madre y a Ignacio. Emilia no lo podía creer y se alegró muchísimo por su hija. Apreciaba mucho a Alfredo y le dio gusto saber que sería su yerno. Pero Ignacio, un poco incrédulo, tomó la noticia con reserva. Emilia trató de convencerlo de la integridad de Alfredo. Aunque a él le hubiera gustado tratarlo más, no podía oponerse a la boda; además, sabía que Regina era una muchacha sensata, así que apoyaba su decisión.

Emilia e Ignacio viajarían a la boda de Regina juntamente con Mariana, que iría con su hija María Fernanda, pues su esposo, Joaquín, y su hijo Alonso no podrían asistir por obligaciones de negocios. Emilia prometió a Marita que la llevaría consigo. Cuando Ronaldo se enteró de la noticia, habló con Emilia y le dijo que se encargaría de los gastos de avión de ella, de su madre y de Ignacio. Él también quería asistir a la boda, pero todo dependía de transacciones que probablemente lo obligarían a quedarse en Trujillo. Emilia estaba asombrada de cuánta importancia y poder había adquirido Ronaldo en tan poco tiempo.

Regina tomó unas semanas de descanso para preparar su boda. Como su familia no estaba en Italia, tenía que decidir muchos detalles por sí sola. Alfredo la ayudó a contactar diseñadores para que la ayudaran con el vestido de novia. Regina llegó a la Casa Versatello y, sorprendida, encontró allí a Fabio. Quiso salir de inmediato. Alfredo, que estaba con ella, no lo conocía. Estaba segura de que, de haberlo conocido, lo habría agarrado a golpes. Trató de actuar muy serenamente. Fabio la reconoció y se sintió incómodo. Aunque no conocía a Alfredo, pudo darse cuenta de que se trataba de alguien que amaba a Regina. Regina y Alfredo conversaron con Fabio sobre cuál sería el vestido más apropiado para ella, mientras ésta y "aquel hombre amable" trataban de guardar la compostura. Cuando Regina estaba probándose el vestido, Fabio entró a los cambiadores y la besó y acarició por la fuerza. Regina sintió ira y quiso matarlo, pero no hizo nada. Él se alejó y le dijo que le obsequiaría el vestido como regalo de bodas. Regina se sintió morir y consideró hablar con Alfredo al respecto, pero enseguida decidió que no valía la pena. Antes de salir de los cambiadores, rasgó el vestido y lo dejó tirado en el suelo. Al salir, le dijo a Alfredo que no le había gustado el modelo y que era mejor ir a otra casa de diseño.

El día de la boda llegó. Todo había sido preparado con mucho gusto. La ceremonia fue muy privada, tanto como la recepción. Alfredo sólo tenía dos o tres tíos en Florencia, el resto de su familia vivía en Nápoles. En la reunión hubo pocos amigos, pues sólo asistieron los cinco o seis compañeros de Regina. La fiesta, que tuvo lugar en una villa de las afueras de Florencia, estuvo llena de alegría. La música fue divina y todos bailaron y cantaron alegres.

Regina pensaba en cómo su padre se hubiera alegrado por ese día tan especial para ella. Emilia también pensó en él. Era increíble que la vida hubiera dado tantas vueltas. Madre e hija se abrazaron y lloraron de la emoción. Regina era la novia más hermosa del mundo; Alfredo parecía tocar el cielo con las manos: tenía consigo a la joven más maravillosa. Prometió a Emilia y a Ignacio que la cuidaría y protegería con su vida. La amaba con locura. En ese momento Ignacio se dejó ganar por el carisma y la calidez de Alfredo y ya no albergó dudas acerca de su integridad. Auguraba lo mejor para la pareja. Aunque Alfredo doblaba en edad a Regina, se veían tan enamorados que la edad no parecía ser trascendental en su relación.

Los novios pasarían su luna de miel en París. Ignacio y los demás familiares que habían viajado desde Trujillo regresarían pronto, pero Emilia prometió a Regina que se quedaría con ellos en Florencia por lo menos un par de meses. Sin embargo, después de un tiempo, Emilia comenzó a pensar que no sería una buena idea: los nuevos esposos necesitaban empezar su vida y lo menos que necesitaban era una madre o una suegra que estuviera detrás de ellos todo el tiempo. Y Regina y Alfredo estuvieron de acuerdo.

De vuelta en Trujillo, Emilia e Ignacio retomaron sus hábitos de vida. Ahora esperaban que Regina y Alfredo los sorprendieran con la noticia de un bebé. No querían decir nada, pero eso era lo que realmente esperaban.

Pasaron casi cinco años sin que hubiera señal alguna de un bebé en camino. Emilia no quería presionar a su hija y sabía que ella vivía embebida en sus estudios. Al mismo tiempo, se daba cuenta de que Alfredo se hacía mayor. De cualquier manera, no iba a inmiscuirse en el asunto.

Por entonces Ronaldo abrió dos tiendas más y la ciudad terminó quedándole pequeña, su idea era ampliar su negocio hacia la Capital. Con más de siete establecimientos en Trujillo, era uno de los empresarios jóvenes más prósperos de la región. Las jóvenes, e incluso las mujeres mayores, lo asediaban con descaro. Progresivamente, la fama de Ronaldo fue creciendo hasta convertirse en un soltero codiciado. Él mismo sentía que el momento de sentar cabeza había llegado. Quería tener una familia y sabía que la mujer indicada se cruzaría en su camino. Pero no conocía a nadie que le interesara. Asistía a muchos bailes y reuniones sociales, pero todas esas jóvenes le resultaban vacías y sosas. Su madre le había dicho que no se preocupara y él trató de no hacerlo.

Mientras estaba de viaje de negocios en la Capital, Ronaldo fue a visitar un orfanato al que su empresa deseaba donar artefactos eléctricos. La oficina de la Madre Superiora colindaba con el jardín donde jugaban los huérfanos y era difícil poder concentrarse con tanto grito. La Madre Superiora, muy estricta, llamó la atención de los muchachos. Como no podían conversar, se excusó y salió a ver qué podía hacer para que se calmaran. Ronaldo se quedó sentado, y mientras preparaba sus papeles, vio por la ventana, en el jardín, a una pequeñita que lloraba sin consuelo. Dos niñas más grandes le habían quitado una muñeca de trapo que parecía sucia y vestida con harapos. La escena lo conmovió enormemente y, aunque la Madre Superiora le había dicho que la esperara en la oficina, decidió salir para ver cómo ayudar a la pequeña. Al llegar al jardín, encontró a la niña abrazada a una joven muy hermosa que cosía con un hilo negro muy delgado uno de los ojos de la muñeca. La niñita lloraba sin consuelo, pero no soltaba a la joven. Ronaldo supo en ese momento que su madre tenía razón: la mujer adecuada se cruzaría en su camino. Se presentó y ella, muy tímidamente, le dio la mano, casi pinchándolo con la aguja que estaba utilizando para coser. Él cargó a la niña en brazos y le dijo que no se preocupara porque aquella hermosa jovencita podría devolverle la vista a su muñeca. La joven se sonrojó de inmediato y bajó la cabeza, pero inmediatamente la niña dejó de llorar. En ese instante, la Madre Superiora llamó a Ronaldo desde su oficina. Él tenía que acudir a una reunión, pero se moría por preguntarle a la joven cómo se llamaba. Como el tiempo no se lo permitió, pensó en regresar a buscarla después de su reunión con la Madre Superiora.

Ronaldo había quedado flechado por la ternura de la jovencita del jardín. Trataba de concentrarse en lo que Sor Piedad le decía, pero su mente se perdía pensando en la muchacha. ¿Cuál sería su nombre? ¿Qué edad tendría? ¿Sería nueva en la escuela? Le daba tristeza pensar que una jovencita como ella no tuviera ni padres ni un hogar como los demás muchachos. Ronaldo prometió a la Madre Superiora donar un porcentaje de sus ganancias al orfanato; era lo más práctico porque ya había contribuido con aparatos eléctricos en el pasado y el dinero significaría una ayuda más directa.

Ronaldo salió apurado del despacho de Sor Piedad y se dirigió corriendo al jardín. No había nadie: los niños se habían retirado a las aulas. ¿Cómo la encontraría ahora? La Madre Superiora no tomaría con agrado que él preguntara por una de las huérfanas porque era soltero y demasiado joven como para adoptar a alguien. Quizás todo lo que tenía que hacer era frecuentar el lugar más seguido.

Regina estaba ilusionada con la idea de ser mamá. Y aunque Alfredo ya tenía dos hijas, entendía que Regina sería muy feliz con un bebé. Ella estaba dispuesta a dejar sus pinturas para criar a sus hijos y él le decía que eso no sería necesario ya que habría tiempo para todo.

Los meses transcurrían y, pese al deseo de ambos, Regina no quedaba embarazada. Decidieron no obsesionarse con la idea; el bebé llegaría cuando Dios lo dispusiera.

Ronaldo visitaba el orfanato todos los domingos por la tarde. Ya había ido más de tres veces y no había podido dar con aquella bella joven. Sor Piedad y las demás hermanas le agradecían las constantes visitas. En una ocasión, triste, Ronaldo entró en la capillita donde oraban las hermanas y, de rodillas, pidió al Señor que le permitiera ver a la joven nuevamente. Desalentado, se sentó en una de las banquitas y, a causa de la poca luz que había en la capilla y del calor de la tarde, se quedó dormido sin darse cuenta. Despertó al sentir que alguien le tocaba el hombro.

—Tenemos que limpiar la capilla, ¿le molestaría salir al jardín un momento? —oyó que le decían.

Al levantar la mirada, Ronaldo notó que se trataba de la bella muchacha que había cautivado su atención hacía unas semanas. Extraordinariamente, Dios lo había escuchado. Mudo por la impresión de haberla visto de un modo tan inesperado, Ronaldo acató las órdenes de la joven y salió al jardín. Allí la esperaría hasta que terminaran de limpiar la capilla. Temía que la muchacha se le escapara nuevamente al salir por alguna puerta desconocida, así que entraba en la capilla cada cinco minutos para cerciorarse de que ella siguiera allí. La muchacha no entendía cuál era el apuro de Ronaldo, y cuando hubo terminado su tarea, salió al jardín cargando sus trastos y le dijo que podía regresar a la capilla. Ronaldo le respondió que no sería necesario porque sus plegarias habían sido escuchadas. Le preguntó entonces su nombre, tratando de no asustarla u ofenderla. La joven, dudosa, respondió:

—Soy la hermana Soledad.

Ronaldo se sintió muy avergonzado, pues se trataba de una religiosa. Pero era tan joven y tan dulce... Era la única mujer que lo había impactado, la única que había logrado robar su corazón. Ronaldo continuó:

—¿Es usted una de las hermanas de este orfanato?

—Soy una novicia —contestó la muchacha—, usted sabe, estoy preparándome para ser religiosa, una monja, como dicen los chicos de aquí.

Ronaldo sonrió esperanzado. Le dijo que visitaba el orfanato todas las semanas, así que no debía sorprenderse de verlo allí en otras oportunidades. Soledad se sonrojó nuevamente, como el día que cosía el ojo de la muñeca. Ronaldo gustaba mucho de apreciar su espontaneidad y naturalidad.

X

Regina estaba pintando, cuando un dolor muy fuerte en el abdomen la hizo detener su trabajo. Estaba sola en su estudio y quiso llamar a Alfredo porque nunca había sentido algo parecido. Y tan agudo fue el dolor, que se desmayó.

Alfredo esperaba a Regina para cenar juntos. No se le pasaba por alto que, muchas veces, cuando se compenetraba en su arte, ella perdía la cuenta de las horas. Pero esta vez empezó a preocuparse, ya que estaba retrasada más de tres horas, de modo que en determinado momento se asustó y corrió a buscarla. La encontró tirada en el piso de su estudio, junto a sus pinceles. La llevó al hospital, donde los médicos pasaron un par de horas con ella. Alfredo, muy preocupado, esperaba en la sala.

Cuando los médicos salieron, él, ilusionado, esperaba que le dieran la noticia de que Regina estaba embarazada. Pero la noticia que le darían los doctores estaba muy lejos de eso: Regina parecía tener un tumor en un ovario, aunque debían hacerle muchos exámenes para confirmar que se trataba de eso. Alfredo no terminaba de creer en las palabras que acababa de escuchar; pensaba en lo joven que era Regina, en su ilusión por tener hijos, en sus ganas de vivir. También pensó en Emilia e Ignacio y en cuánto la querían; él se sentía responsable de su bienestar; ellos esperaban que él la cuidara y sentía que había fallado. No hablaría con Emilia hasta no tener un diagnóstico seguro.

Al despertar, Regina encontró a su esposo junto a la cama y notó su cara de tristeza: aunque él trataba de aparentar estar bien, ella lo conocía muy bien y sabía que su condición debía de ser grave para que él se encontrara así. Le pidió que fuera sincero con ella; juntos podrían luchar contra cualquier cosa y él no podría cargar solo con todo. Fue entonces cuando Alfredo le contó lo que los médicos le habían informado. Regina lloró mucho al principio, pero después se tranquilizó, pues se dijo que todo estaría bien. No hablaría con su madre sino hasta tener el diagnóstico firme de los médicos.

Mientras tanto, aunque Ronaldo sentía que Soledad le correspondía sus sentimientos, sabía que ella no se desviaría del programa que la mente le dictaba a su corazón: ordenarse como Hermana de la Caridad. No sabía si declararle su amor o permanecer callado. Al mismo tiempo, lo desesperaba que poco a poco Soledad avanzara en sus estudios y que su vocación se hiciera cada día más sólida. ¿Y si hablaba con Sor Piedad? Ronaldo decidió pedir consejo a su madre; ella sabría guiarlo.

Marita escuchó con una mezcla de alegría y desaliento el relato de su hijo. ¡Venir a enamorarse de una novicia! Como Marita era muy devota, sabía que Dios planeaba la vida; no importaba cuán fuertemente se tratara de desviarla, porque el destino estaba siempre supeditado a la mano del Señor. Marita aconsejó a su hijo no desesperarse; todo caería por su propio peso y a su debido tiempo, según le dijo. Ronaldo prometió a su madre no apresurarse ni presionar a Soledad, pues entendía que al declararle su amor, ella se encontraría arrinconada, como entre la espada y la pared.

Después de haber estado visitando el orfanato durante más de dos meses, Ronaldo se encontró con una gran sorpresa. Estaba entretenido leyendo para los huérfanos cuando escuchó que uno de los niños lamentaba la falta que les hacía la hermana Soledad. Preguntó por ella y los niños le dijeron que había dejado el orfanato. Preocupado, salió corriendo a hablar con Sor Piedad y se enteró de que Soledad había decidido volver a la vida laica porque se encontraba confundida y, aunque amaba al Señor, pensaba que quizás debería emprender otro camino y tratar de servir a Dios de otra manera. Ronaldo se emocionó mucho y esbozó una gran sonrisa. Le preguntó a la Madre Superiora dónde podría encontrar a Soledad y ella le dijo que había regresado a su casa, en las afueras de la ciudad. Ronaldo le pidió la dirección exacta.

Aunque ya estaba en casa, Regina iba frecuentemente a hacerse todo tipo de exámenes médicos. Alfredo siempre la acompañaba. Los médicos les dijeron que, efectivamente, Regina tenía un tumor en un ovario y que tendrían que operarla para saber si era o no benigno. La intervención sería muy delicada y duraría entre ocho y diez horas. Pese a todo, Regina y Alfredo se sentían optimistas; ella siempre había sido saludable, pues se cuidaba y se alimentaba bien desde pequeña. Los médicos la alentaron diciendo que, con la tecnología, existían muchas posibilidades de que se recuperara. La operación sería la semana siguiente.

Regina pensó que era el momento de informar a su madre lo que le estaba ocurriendo, así que la llamó y hablaron un largo rato. No bien escuchó la noticia, Emilia lloró, pero después logró fortalecerse; quería demostrar a Regina que tenía esperanzas y que todo estaría bien.

Emilia quiso viajar a estar junto a ella, pero Regina le pidió que esperara hasta después de la operación y Emilia asintió: se quedaría en Trujillo hasta que le avisaran de los resultados.

Ignacio trataba de consolar a Emilia, pero ella no dejaba de preocuparse. Le resultaba difícil conciliar el sueño. Aunque cada vez que hablaba con su hija por teléfono pretendía estar bien y sonar optimista, no dejaba de imaginar lo peor.

Regina pasó más tiempo de lo esperado en el quirófano. La operación duró doce horas porque, al parecer, los médicos encontraron complicaciones. Cuando el procedimiento hubo finalizado, Alfredo tuvo con los doctores una larga conversación en la que le informaron que su esposa estaba bien, que el tumor era maligno y que habían tenido que extirparle ambos ovarios y el tejido que había sido afectado. Lamentablemente, no tendría la posibilidad de ser madre. Asimismo, le advirtieron que sería muy probable que entrara en una etapa de depresión profunda y que convendría tratarla emocionalmente.

Alfredo lloró mucho, pero después de pasar unas horas en la capilla del hospital, se reconfortó al pensar que Regina estaba viva.

Cuando Alfredo llamó a Emilia para informarle de la salud de Regina, la madre se sintió aliviada al saber que su hija estaba bien, pero por otro lado recibió un duro golpe cuando supo que Regina no podría ser madre. Alfredo pensó que sería bueno tener a Emilia con ellos, pues se reanimaría en compañía de su madre. Emilia acordó en viajar apenas pudiera, en el transcurso de las siguientes dos semanas. Ignacio quería viajar con ella pero entendía que madre e hija necesitaban estar un tiempo a solas.

Entretanto, Ronaldo llegaba a casa de Soledad. Sintió cierta timidez cuando llamó a la puerta. La casa era grande y bien cuidada, tenía un jardín hermoso, con plantas muy bien arregladas. ¿Viviría con sus padres? ¿Tendría hermanos? Se preguntaba tantas cosas... Una dama de aspecto muy distinguido abrió la puerta. Ronaldo se presentó y dijo que era amigo de Soledad y que la conocía del orfanato. Tan sorprendida estaba aquella dama, que sólo después de unos segundos advirtió que el hombre le hablaba de su hija. Entonces dijo:

—Usted se refiere a mi pequeña Adriana; Soledad es el nombre que le dieron las hermanas en el convento.

Después lo hizo pasar a una sala grande y muy bien arreglada, en la que Ronaldo pudo percibir el aroma a pastel de lúcuma, una fruta típica de la localidad. La señora le dijo que llamaría a Adriana mientras él esperaba un momento en la sala y le ofreció el pastel de lúcuma que acababa de preparar. Ronaldo rehusó de manera muy cortés; no quería causar una mala impresión, aunque en realidad se moría por probarlo: su aroma le decía que tendría que ser delicioso.

Ronaldo se puso a pensar en el nombre Adriana y se enamoró de él de inmediato; Soledad también era un lindo nombre, pero Adriana lo era todavía más. Se dio cuenta de que no importaba cómo se llamara, porque asociado a ella cualquier nombre hubiera sido el más hermoso del mundo. Mientras estaba pensando, fue sorprendido por la propia Adriana. Ronaldo saltó y se incorporó muy educadamente. Ella se sonrojó, como solía hacerlo, y le extendió la mano. Él le dio la suya y así estuvieron unos segundos, mirándose a los ojos con las manos estrechadas. Cuando se dieron cuenta de ello, se soltaron nerviosamente. Adriana lo invitó a sentarse y él le dijo que le daba un gran gusto poder volver a verla y que la extrañaban mucho en el orfanato. Ella le respondió que también extrañaba mucho a los niños, pero que había necesitado ausentarse por un tiempo. Tratando de no parecer demasiado entrometido, Ronaldo le preguntó por la razón de su separación del orfanato. Adriana no supo qué decirle, calló y volvió a sonrojarse. Ronaldo supo en ese momento que sus sentimientos eran correspondidos. Entonces, aunque muy tímidamente, la tomó de la mano y le dijo que la había amado desde el instante en que la había visto por primera vez, cosiendo la muñeca de trapo. Una lágrima apareció en la mejilla de Adriana. Cogida de la mano de Ronaldo, le dijo suavemente que necesitaba tiempo para poder sentirse cómoda con él; había pasado los últimos seis meses en el orfanato y su vida había seguido un rumbo distinto. Desde pequeña había pensado en servir a Dios y no había tenido ninguna otra vocación, pero desde el día que lo había conocido se sentía distinta y eso la llenaba de un sentimiento de culpa. Ronaldo le dijo que la esperaría sin presionarla, que comprendía lo que estaba sintiendo y que aguardaría su decisión. Adriana le agradeció y le pidió que no la visitara por un tiempo pues necesitaba estar sola para reflexionar. Ronaldo aceptó y se marchó.

Ronaldo visitó a su madre y le contó lo ocurrido. Marita le dijo que aquella joven debía de ser una hermosa persona, muy honesta con Dios y consigo misma; que la espera no sería en vano, el momento adecuado llegaría y no había que forzar las cosas. Ronaldo confiaba siempre en el buen sentido de Marita; por lo demás, si había algo que Ronaldo sabía hacer era esperar.

XI

Al llegar a la ciudad de Florencia, Emilia encontró a su hija muy triste y delgada; su apariencia era la de una mujer de cuarenta años, pero tenía apenas veintiocho. Emilia intentó animarla y hacerla reír. Le dijo que quería visitar todos los museos de la ciudad. Regina simplemente se quedó mirándola como si no supiera de qué hablaba. Alfredo también trataba de animarla y anunció que se tomaría unos días de vacaciones para poder ir con ellas al teatro y a visitar todas las maravillas que Florencia tenía para ofrecer. Aun con todas estas atenciones, Regina trataba de sonreír pero su sonrisa se esfumaba y su rostro volvía a verse triste y taciturno. No obstante, Alfredo y Emilia no se daban por vencidos; sabían que ella estaba atravesando una fase complicada de su vida y que esa etapa terminaría.

Emilia le anunció a Regina que tenía noticias de su prima María Fernanda, pero pronto cambió de tema porque se dio cuenta de que la noticia del embarazo de su prima podría afectar a su hija. Regina volvió al tema y le preguntó cuál era aquella noticia, entonces Emilia le dijo que María Fernanda quería visitarla en Italia y que mandaba decirle que le avisara cuándo le vendría mejor recibirla. Regina no se sentía bien como para recibir más visitas. Luego de este diálogo, Emilia se sintió aliviada de haber salido del apuro; tenía que ser más cuidadosa en adelante.

Mientras caminaban por las calles de la ciudad, Emilia y Regina se encontraban con muchas madres jóvenes que empujaban los cochecitos de sus bebés. Regina se detenía, se sentaba en las bancas y rompía en llanto. A Emilia se le partía el corazón.

Con el paso del tiempo, sin embargo, Regina fue poniéndose más fuerte. Comía mejor y hacía ejercicio a diario, por lo que Emilia pensó que era tiempo de volver a Trujillo. Su hija había superado la crisis; ahora podían hablar de niños sin echarse a llorar... Además, Alfredo le había propuesto que adoptaran un niño, y Regina había recibido la idea con alegría. Pensaban iniciar los trámites pronto. Quizás un niño o una niña de su país sería una buena idea; Emilia se comprometió a averiguaría qué trámites debían hacer.

El tiempo transcurría sin que Ronaldo supiera nada de Adriana. ¿Qué habría decidido? ¿Estaría confundida todavía? Tantas ganas tenía de verla, que le resultaba difícil concentrarse en su trabajo y se ponía de mal humor ante el menor problema. Nadie entendía lo que le sucedía.

Acababa de llegar a la ciudad un grupo teatral portugués muy famoso, que se presentaría en el teatro más importante de Trujillo. Para disipar su mente, Ronaldo decidió comprar entradas para la primera función. Su madre gustaba mucho de cualquier actividad a la que su hijo la invitara y, aunque no solía ir a ver espectáculos, aceptó acompañarlo. Al llegar al teatro, Marita se dio cuenta de lo importante que se había vuelto su hijo; todos lo saludaban con respeto y a ella la miraban con admiración por ser su madre. Se sentía muy orgullosa de él. Les dieron unos asientos en el primer palco de la izquierda, junto al escenario. La obra era muy buena y la actuación prometía ser de primera. Al salir a escena, una de las artistas, mirando hacia ellos, sonrió coquetamente al joven empresario. Ronaldo, muy cortésmente, contestó el saludo con una amable sonrisa.

Tras finalizar la obra, Ronaldo y su madre se preparaban para salir de la sala cuando uno de los empleados se acercó a Ronaldo y le entregó una nota que decía: "¿Podría brindarme el placer de su compañía? Me encantaría saber qué impresión le ha causada nuestra obra. Cordialmente, Lidia Magueira. PD: Tenga la amabilidad de venir a mi camerino". Ronaldo, que había planeado cenar con su madre, se sintió comprometido ante aquel mensaje. Disculpándose con Marita, le dijo que uno de los empleados de su tienda la acompañaría a casa porque él tenía que atender un asunto. Una vez afuera del teatro, Marita se encontró con una amiga a la que no veía hacía mucho y decidieron cenar juntas, así que Marita dejó que el empleado de Ronaldo se marchara; ella regresaría a casa con su amiga.

Ronaldo se presentó en el camerino de la artista. Había mucho ruido, pues mientras se cambiaban, los actores hablaban y reían en voz alta. Parecían estar satisfechos con la premiere. El empleado que llevaba a Ronaldo en busca de Lidia Magueira le indicó que esperara en una salita a que ella saliera. Entretanto, Ronaldo hojeó las páginas del programa de la obra y buscó alguna pista que le indicara quién era la dama. Esperaba poder encontrar una foto o, por lo menos, alguna reseña biográfica. Precisamente cuando empezaba a leer el programa, se abrió la puerta del camerino y una voz profunda proveniente del interior dijo:

—Adelante, por favor.

Al entrar, Ronaldo se encontró con la misma actriz que tan coquetamente le había sonreído desde el escenario. Se trataba de una mujer hermosísima, muy bien arreglada, con un cutis de porcelana. Era la mujer más bella que Ronaldo había visto en su vida: muy alta, quizás más que él, y tenía unas piernas larguísimas y esculturales que la túnica de satén que llevaba puesta dejaba entrever. Sus ojos eran verdes e inmensos, y se movía con una llamativa coquetería. Ronaldo sentía que iba a sucumbir ante tal belleza. Entonces, acercándose a él, Lidia lo cogió de los hombros y le dio un beso en cada mejilla. Con leve acento, le dijo:

—Usted me resulta mucho más atractivo ahora, que puedo mirarlo de cerca. Cuénteme, ¿cómo un hombre como usted viene al teatro acompañado de una mujer mayor?

Ronaldo le dijo que se trataba de su madre y Lidia rió sonoramente, como contenta con su descubrimiento. No sólo se trataba de un hombre muy apuesto, sino que además era soltero.

Hablaron apenas un par de minutos acerca de la obra. Ronaldo la invitó a cenar y le dijo que más tarde le podría mostrar los lugares más bonitos de la ciudad. Lidia, muy segura de sí misma, asintió con una sonrisa. ¡Cuánto podía decir una mujer sin pronunciar palabra! Pasaron horas juntos, pero hablaron muy poco porque Ronaldo sentía que se perdía en los hermosos ojos de Lidia. Ella era consciente de que lo había conquistado; siempre había sabido cómo atraer a los hombres.

Después de cenar y pasear por la ciudad, Lidia lo invitó a su hotel. Ronaldo estaba impresionado por la manera tan directa y decidida con la que Lidia actuaba; nunca había conocido a nadie como ella. Accedió a acompañarla a su hotel. Estaba muy nervioso porque sabía que Lidia había recorrido mucho mundo y no quería darle la impresión de ser apenas un jovencito. Para torturarlo, sabiendo que la pasión aumentaba en Ronaldo,

Lidia le dijo que como había una hermosa luna llena, quizás sería buena idea apreciarla desde el balcón de su habitación. Pero Ronaldo no estaba interesado en la luna; lo único que quería era estar con Lidia, y así se lo dijo. Una vez más, ella rió sonoramente y se entregó a sus brazos. Pasaron la noche juntos.

Al día siguiente, Marita estaba desilusionada y, a la vez, preocupada porque Ronaldo no la había llamado para constatar que hubiera llegado bien a su casa. Un poco contrariada, decidió llamarlo, pero nadie contestó. Entonces empezó a preocuparse y salió a buscarlo. Cuando llegó a uno de sus establecimientos y preguntó por él, los empleados le dijeron que no había llegado todavía. ¿Sería posible que algo le hubiera ocurrido? Él siempre era muy prudente. Marita se hacía todo tipo de preguntas. Decidió quedarse en la tienda a esperarlo; si al mediodía todavía no había llegado, llamaría a la policía.

Ronaldo estaba desayunando con Lidia en su hotel. Ella se conducía de una manera completamente distinta a la que solía tener la mujer que él creía amar, y lo tenía totalmente hechizado. Lo peor de todo era que él no quería resistirse: Lidia era la mujer más maravillosa del mundo. Caminando por el hotel, Ronaldo podía distinguir la envidia en los ojos de cada hombre que se cruzaba en su camino; Lidia era despampanante. Además se vestía de una manera sumamente provocativa que dejaba percibir su supremacía. Era exuberante sin mostrarse barata, o por lo menos así pensaba Ronaldo. Pero lo que él no veía era que también había envidia en la mirada de las mujeres. ¡Cuánto darían por tener esa figura, esos ojos, esas piernas! Era una mujer escultural.

Marita estaba a punto de dirigirse a la comisaría cuando llegó Ronaldo. Estaba muy apurado pues tenía una cita para almorzar con un cliente que había viajado especialmente de la capital para reunirse con él. Marita quería hacerle preguntas pero Ronaldo se mostró contrariado, así que no quiso fastidiarlo. Se quedó callada y se marchó sin decir palabra; desde luego, ni siquiera imaginaba la relación en la que su hijo se estaba metiendo.

Al terminar con su reunión, Ronaldo no regresó a su tienda, sino que se dirigió aprisa al teatro para encontrarse con Lidia. Ella lo estaba esperando en su camerino, a medio vestir, probablemente porque sabía que él iría. Le pidió que la ayudara a vestirse y, muy coquetamente, se entregó a él.

Ronaldo parecía estar hipnotizado: salió con Lidia todos los días durante las siguientes dos semanas. Ella lo había obsesionado.

Marita, que no supo nada de su hijo en todo ese tiempo, se imaginaba que estaba ocupado o quizás de viaje, como de costumbre. En el pasado, ella solía saber adónde viajaba y cuándo partía o regresaba. Pensó que tal vez estaba demasiado atareado como para llamarla.

Ronaldo continuaba entusiasmado con Lidia. Una noche, llegó a buscarla después de su función y se encontró con que ella se había marchado sin esperarlo. Preguntó a los empleados del teatro, quienes le dijeron que había ido a cenar con otros artistas de un grupo que acababa de llegar para unirse con ellos en la siguiente parte de su gira, hacia el sur del país. Ronaldo se sintió enfadado; ¿cómo podía haberle hecho eso? No le había dicho nada de aquel asunto. Preguntó a los empleados si sabían dónde habían ido a cenar y ellos le contestaron que adonde iban siempre: el hotel donde se alojaban. Ronaldo salió hacia allá de inmediato. Temía que alguno de los hombres del grupo le quitara a Lidia. Estaba ofuscado.

Al llegar al hotel no tuvo que preguntar por el grupo, ya que por el ruido que hacían fue fácil saber dónde estaban; era obvio que estaban pasando un buen rato. Ronaldo se acercó y encontró a Lidia junto a un hombre mayor, de buena presencia, que la tenía cogida de la cintura y la besaba, mientras ella se mostraba complacida. Ronaldo se llenó de ira y trató de hacerse paso. Lidia lo vio, pero no se inmutó y dejó que se acercara a ellos. Ronaldo le dijo:

—Lidia, ¿qué haces aquí? Te fui a buscar al teatro.

Sin prestarle la debida atención, ella le dijo que se acercara para que pudiera presentarle a su marido, Joao Magueira.

Ronaldo se puso pálido, le extendió la mano a Joao y éste le dijo:

—¿Qué le pasa? ¿Está nervioso? No se preocupe, mi mujer es tremenda. ¿Dónde no va a hacer de las suyas? No tema, no soy un hombre celoso.

Ronaldo no supo cómo interpretar el comentario; ¿estaría bromeando o sabía lo que había sucedido entre ellos? Lidia actuaba como si nada sucediese y seguía tan coqueta con Ronaldo como de costumbre, al punto de tomarlo de la mano y acariciarle cariñosamente la barbilla. Como él sentía vergüenza de lo que pudiera pensar Joao, se excusó y salió rápidamente del lugar.

Ronaldo no intentó volver a ver a Lidia, aunque ésta le dejó muchos mensajes y continuó llamándolo por teléfono. En uno de sus mensajes le decía que no tenía de qué preocuparse, que su esposo era un hombre muy abierto que gustaba de que ella conociera a otras personas, y que él hacía lo mismo. Todo esto sonaba demasiado torcido para la manera de pensar de Ronaldo, y no quiso saber nada más de Lidia. Se enfocó en su trabajo y trató de olvidar aquella relación.

Al mismo tiempo, Ronaldo empezó a darse cuenta de que había obrado mal con Adriana. Durante su breve idilio con la actriz, no había sido capaz de recapacitar sobre lo que estaba haciendo; sólo ahora podía darse cuenta de cuánto la había herido aunque ella no lo supiera. Como acostumbraba hacer cuando tenía algún problema, volvió a consultar a su madre. Marita lo escuchó asombrada por el modo en que su hijo se había comportado; le parecía increíble cuán ciego podía volverse un hombre. Sabía que su hijo era un hombre bueno, pero evidentemente había tomado una mala decisión. En ese momento, le vino a la memoria la relación que ella había tenido con Felipe, quien, por lo menos en esencia, también había sido un hombre de bien. Trató de no juzgar a su hijo y se propuso ayudarlo a corregir su error. Le dijo que debería conducirse con más juicio en la vida, que las tentaciones eran grandes y que las apariencias no eran más que eso. Con paciencia, Dios le enseñaría el camino que debía tomar de la misma manera que le había presentado a Adriana, la mujer de su vida.

Emilia e Ignacio empezaron a averiguar de qué manera Regina y Alfredo podían adoptar un niño de Trujillo. Marita se enteró de lo que estaban haciendo y les comentó que Ronaldo tenía una amiga que había trabajado en el Hogar del Niño, una institución que velaba por el bienestar de los huérfanos con la ayuda de las Hermanas de la Caridad. Hablaría con Ronaldo para que se pusiera a trabajar en el asunto. Emilia e Ignacio se mostraron muy optimistas al respecto.

XII

Regina y Alfredo recibieron con gran alegría la noticia de que el tema de la adopción marchaba sobre ruedas. Juntos estaban asistiendo a clases para futuros padres adoptivos. La de aprender juntos era una hermosa experiencia, y aunque Alfredo ya había sido padre, era consciente de los innumerables desafíos que representaba la adopción. Se sentían más unidos que nunca, crecían juntos como pareja y aprendían uno del otro.

Marita habló con Ronaldo respecto de la información que necesitaba para Regina. Ronaldo pensó que era la excusa perfecta para ponerse en contacto con Adriana, a la que no veía hacía más de seis meses. No sólo volvería a entablar amistad con ella, sino que también conseguiría ayudar a Regina.

Ronaldo se presentó en casa de Adriana. Algo nervioso, esperaba que bajara de su habitación. Quedó sorprendido al verla: se veía tan cambiada... Parecía más alta que antes y llevaba el cabello suelto, que se movía delicadamente cada vez que daba un paso. Además, pudo ver que estaba maquillada muy tenuemente. Vestía una falda que dejaba ver sus piernas largas y torneadas y una blusa ceñida que acentuaba su figura. Se veía despampanante. Por un segundo, Ronaldo pensó en Lidia, ¿cómo le podía haber parecido la mujer más bella y apetecible del mundo si no podía ni siquiera compararse con Adriana? La belleza de Adriana no sólo era física, sino también interior. Ronaldo le dijo que se veía muy linda y ella, como siempre, se sonrojó de inmediato. Esa inocencia era exactamente lo que Ronaldo adoraba de ella. Conversaron sobre la información que Regina necesitaba y sobre cómo Adriana podría ayudarlos. Aunque en el último tiempo ella no había estado yendo al orfanato, había prometido a Sor Piedad regresar para ayudar como maestra, actividad para la que se había estado preparando antes de entrar al noviciado. Ronaldo le pidió que le permitiera visitarla y ella aceptó con una sonrisa que le mostró cuánto había cambiado su manera de pensar en los últimos meses. Ronaldo, una vez más, abrigó esperanzas.

Emilia estaba conversando con Marita sobre la ayuda que Adriana les prestaría cuando sonó el teléfono. Era Mariana, que la llamaba para hacer un viaje por el Caribe. No tendría que preocuparse de ningún gasto porque sería su invitada; ella y Joaquín habían planeado viajar juntos, pero un viaje de negocios se había interpuesto en sus planes y, como Joaquín insistía en que Mariana viajara, ella había decidido invitarla. Era una oportunidad maravillosa para pasar unos días con su prima y, a la vez, para conocer lugares hermosos. Emilia le contestaría después de conversarlo con Ignacio.

Enterado de la propuesta, Ignacio pensó que era una gran idea y que no debía dejar pasar esa oportunidad. Viajarían en un mes. Emilia estaba encantada con ese viaje que había salido de la nada.

Regina se alegró mucho al saber que su madre se preparaba a viajar con su tía Mariana. Su mamá se merecía lo mejor; era tiempo de que empezara a gozar y a relajarse después de todo lo que había velado por su hija. Alfredo añadió una idea más al plan: ¿qué tal si Regina se unía a Emilia y Mariana y las tres disfrutaban de la belleza que les ofrecería el Caribe? Inicialmente Regina pensó que no tenía sentido sumarse al viaje de su madre y Mariana, en primer lugar porque no compartía sus intereses y además porque pensaba que debía dejar que ellas disfrutaran juntas. Pero cuando les mencionó la posibilidad de ir, las dos quedaron encantadas con la idea. Así fue como de un momento a otro las tres se encontraron entusiasmadísimas con viajar juntas. Regina las encontraría en Cozumel y desde allí visitarían otras islas cercanas. El viaje duraría dos semanas, dos semanas que prometían ser inolvidables.

Regina pensó que Alfredo se sentiría muy solo durante las semanas en que ella estaría ausente, así que le sugirió que invitara a sus hijas a que se quedaran con él. Ellas estaban de vacaciones, de modo que no sería difícil convencer a Rafaella. Alfredo estaba contento por que esa idea surgiera de Regina; cada día la quería más: siempre estaba pendiente de él y de su felicidad. No había visto a las niñas en más de seis meses, y aunque hablaban por teléfono todas las semanas, las extrañaba muchísimo. Poder tenerlas en su casa en Florencia sería maravilloso.

Rafaella, que estaba esperando un bebé, pensó que Renata y Fiorella disfrutarían mucho de ver a su padre después de tanto tiempo. Además, en su estado, ella se encontraba muy cansada para entretener a las muchachas, y en Florencia pasarían buenos momentos con su padre y con viejos amigos.

Emilia y Mariana viajaron a Cozumel; Regina llegaría dos días más tarde y las tres permanecerían allí un par de semanas. Durante el viaje, tuvieron oportunidad de conocerse mejor, particularmente porque estaba en una etapa distinta de sus vidas. Mariana no podía creer que su sobrina hubiese crecido tan pronto y que pudiese disfrutar con ella y con Emilia de cosas que habrían parecido inadecuadas cuando ella era pequeña. Mariana sentía mucho que María Fernanda no hubiese podido viajado con ellas; pensaba que habría sido lindo que su hija y Regina llegaran a conocerse mejor; apenas se habían visto en fiestas y eventos familiares, una o dos veces al año.

Todo estaba pasando sin novedad. Aunque Regina no decía nada, había momentos en que se sentía muy triste, sobre todo cuando veía parejas jóvenes con niños o mujeres embarazadas. Pero su madre y su tía la hacían sentir bien; era agradable compartir todo con ellas, especialmente porque formaban parte de su familia.

Regina, Emilia y Mariana conocieron a tantos hombres, que Cozumel les parecía el destino turístico para solteros de todas las edades. Se sentían acechadas como si fueran presas de caza, pero al mismo tiempo halagadas. Recibieron más de una propuesta para salir, para ir a bailar o simplemente para pasar el tiempo acompañadas, pero no se mostraron interesadas. Mariana encontraba la situación sumamente graciosa y se preguntaba si lo mismo hubiera ocurrido si Joaquín, Ignacio y Alfredo hubiesen viajado solos; ¿habría tantas mujeres disponibles al acecho?

Alfredo y sus hijas pasaron varios días de unión familiar. Las niñas le dijeron cuánto lo habían extrañado. Estaban contentas de que él estuviera con Regina, pero a veces deseaban que él nunca se hubiese divorciado de su madre. Alfredo las consolaba diciéndoles que la vida no era fácil y que todo el mundo debía enfrentar las distintas situaciones que se presentaban. Trataba de disfrutar de sus hijas lo mejor que podía; le parecía increíble cuánto habían crecido. Renata ya era una señorita y Fiorella le seguía los pasos muy de cerca. Empezaba a preocuparse un poco por lo que estuvieran comenzando a vivir en su vida personal; deseaba lo mejor para ellas y no quería que sufrieran desengaños.

Las muchachas tuvieron que partir, pero prometieron a su padre que organizarían vacaciones en Florencia cada año porque no debían dejar que pasara tanto tiempo sin verse. Le dijeron que lo querían mucho. Regina regresó justo a tiempo para despedirlas. Aunque nunca hablaban por teléfono ni mucho menos se veían, Renata y Fiorella se respetaban mutuamente con Regina. Por otro lado, Alfredo se felicitó por haber dejado que Regina viajara con Emilia y Mariana. Era obvio que el viaje había sido positivo: ahora se veía más optimista y su actitud hacia la vida había mejorado.

Ronaldo y Adriana continuaban viéndose. Salían al cine, a cenar y daban paseos por el centro de la ciudad. Los domingos, luego de ir a misa, pasaban a visitar a los huerfanitos del Hogar del Niño, donde se quedaban horas jugando y cantando con ellos. Ronaldo se sentía muy feliz, pensaba que Adriana era una joven muy profunda y sensible, la admiraba y se enamoraba de ella cada día más. Aunque la respetaba y no quería ofenderla, se moría por estar a solas con ella en una escena íntima, pero temía arriesgarse a perderla si se lo proponía. Apenas si la cogía de la mano de vez en cuando; no se atrevía a abrazarla ni mucho menos a besarla.

Un día, en el cine, él deslizó su brazo por el respaldo de la butaca de ella y la tomó del hombro. Ella pareció incomodarse un poco, pero no dijo nada ni trató de esquivarlo. Ronaldo permaneció así toda la película, y al salir del cine descubrió que el brazo se le había entumecido de estar tanto tiempo en la misma posición. Adriana sabía que él la amaba porque se lo había dicho hacía meses;

pensó que tal vez debería tener más confianza y volver a declararle su amor. ¿Y besarla? Quizás ella esperaba eso, pero sólo lo averiguaría si se arriesgaba un poco. ¿Cómo era posible que, siendo ella tan natural, él tuviera que discernir tanto para hacer algo tan natural como darle un beso?

Antes de despedirse, ya en la puerta de la casa de Adriana, le dijo que, como ella bien sabía, la amaba, y que esperaba que ella sintiera lo mismo por él. Adriana se sonrojó y lo abrazó. Ronaldo, muy sorprendido, interpretó ese abrazo espontáneo como una afirmación, la tomó suavemente de la barbilla y le dio un tierno beso en los labios. Adriana se dejó besar. Después de unos segundos en silencio, lo miró a los ojos:

—Vuélveme a besar, Ronaldo —le dijo.

Él no salía de su asombro, era como si ella hubiese estado esperando a que él actuara así desde hacía meses. No quiso ser demasiado atrevido, así que se despidió con un segundo beso y ella le pidió que regresara al día siguiente.

Adriana habló con su madre y le dijo que amaba a Ronaldo. Eso no representó ninguna noticia para ella. Aunque Adriana se sentía todavía un poco confundida, pensaba que si Dios había decidido que se casara, Ronaldo sería el hombre indicado. No dejaba de pensar en él. Su madre le aconsejó que lo conociera bien antes de decidirse, puesto que el matrimonio era una institución muy importante. Adriana le dijo que lo conocía lo suficiente y que, en el momento en que él se lo propusiera, aceptaría de inmediato.

Ronaldo había conseguido establecerse como uno de los comerciantes más importantes de la ciudad y frecuentaba los círculos políticos más altos. Le importaba mucho la gente y creía fervientemente en la necesidad de dar para recibir. Trujillo le había dado tanto que ahora, pensaba, era el momento de que la ciudad recibiera algo de él. Por eso estaba empeñado en lanzar su candidatura para la alcaldía de la ciudad. Al comienzo, cuando recién había dejado la hacienda, su madre lo escuchaba hablar sobre sus intenciones y pensaba que se trataba de un sueño; pero ahora Ronaldo hablaba con certeza. Era increíble que un muchacho de origen humilde hubiera logrado escalar tan alto. Marita se sentía orgullosa del trabajo duro que su hijo había llevado adelante.

Ronaldo continuó visitando a Adriana y, poco a poco, fueron conociéndose mejor. Al informarle que se postularía como candidato a alcalde, Adriana pensó que haría un gran papel y le dijo que apoyaba por completo su decisión. Fue entonces cuando él pidió su mano y la madre de Adriana, que era viuda, se la concedió. Fijaron la fecha de la boda: sería en seis meses, ocho meses antes de las elecciones para la alcaldía de la ciudad. Aunque ambos consideraban que podrían esperar más tiempo para casarse, afirmaban que se conocían bien y que las posibilidades de que Ronaldo ganara las elecciones serían mayores si estaba casado. Además, los acontecimientos previos a las elecciones funcionarían como una prueba perfecta para su relación. Si había algo que Ronaldo y Adriana aceptaban sin temor era el desafío.

Adriana se dedicaba a los preparativos de su boda pero también encontraba tiempo para indagar en los trámites de adopción para Regina y Alfredo. Ellos viajarían en breve a Trujillo para conocer a los niños del orfanato. Sería un proceso largo que posibilitaría que los futuros padres fueran conociendo al niño paulatinamente y que lo vieran crecer. Regina les había dicho que no quería decidir si adoptarían a un niño o a una niña hasta que llegaran a conocer a los huérfanos del Hogar. Quería que fueran su corazón y el de Alfredo los que dictaran aquella elección.

Marita habló con Emilia y le informó del noviazgo de su hijo con Adriana. Le pidió que la ayudara para que todo saliera perfecto en la boda. Emilia no sólo se ofreció para ayudar, sino que al enterarse de que la madre de Adriana era viuda, prometió correr con todos los gastos, por lo que Marita le quedó sumamente agradecida. Aunque las dos mujeres habían tenido vivencias que podrían haberlas llevado a odiarse mutuamente, la vida las había sorprendido con una relación de mutuo respeto y cooperación que había logrado crecer a través de los años.

Regina y Alfredo se preparaban para viajar a conocer a los huérfanos del Hogar del Niño y estaban nerviosos. Las hijas de Alfredo, que también participaban de aquella emoción, pidieron a su padre que les enviara fotos apenas hubieran conocido al niño o a la niña que adoptarían.

Decidieron permanecer en Trujillo varios meses para poder asistir también a la boda de Ronaldo y Adriana. Regina extrañaba su país y a Alfredo le daba gusto poder volver a lugares que guardaba muy cerca de su corazón; además, había muchas personas, sobre todo estudiantes, a las que no veía desde hacía tiempo.

Al llegar a Trujillo, Regina sintió ganas de llorar: los recuerdos de su niñez, de sus años de estudio y de sus viejos amigos la invadían al mismo tiempo que un gran sentimiento de nostalgia se apoderaba de ella. También meditó sobre sus primeros meses en Florencia, sobre Stella y Fabio, sobre su enfermedad y su terrible desenlace. Con todo, se sentía feliz de estar de regreso en su terruño; no sólo podría reencontrarse con lo suyo, sino que también podría recuperar parte de su identidad, sentirse realizada como mujer y, al fin, llegar a ser madre.

Emilia y Mariana, al verla llegar junto a Alfredo, corrieron a abrazarlos. Mariana se emocionó porque no veía a Regina desde que se había ido de Trujillo; la abrazó fuerte y con ese abrazo le dijo lo mucho que había sentido todo lo que había sufrido, que estaba con ella y que se alegraba de verla viva; un fuerte abrazo podía significar tanto... A Regina le hubiera gustado dirigirse directamente al orfanato, pero siguiendo la sugerencia de su madre, decidieron postergar la visita para el día siguiente, cuando ya hubiesen descansado y se hubiesen adaptado al cambio de horario.

Ronaldo estaba muy ocupado en reuniones diarias con dignatarios de la ciudad. Si bien los políticos mayores lo apreciaban, veían su presencia en el mundo de la política local como una amenaza a sus puestos y no como una posibilidad de mejora y adelanto para la ciudad. Muchos de ellos se mantenían neutrales y no apoyaban abiertamente su candidatura. No había muchos personajes de edad que estuvieran dispuestos a dar cabida a lo que Ronaldo tenía para ofrecer. Abrirse paso en el mundo de la política no estaba resultando tan fácil. Por momentos, Ronaldo sentía ganas de dejarlo todo y de dedicarse de lleno a sus empresas. Además, el día de su boda se acercaba y tenía más que suficiente en la cabeza. Pero como quería tanto a su pueblo y se sentía movido por un deber cívico que su madre le había inculcado, se prometió no darse por vencido. Lo que se proponía no podía ser más difícil de lo que ya había logrado: salir de la pobreza y crear un imperio financiero en menos de una década.

Adriana había prometido a Ronaldo que su madre, ella misma y Emilia se encargarían de todo lo referido a la boda. No quería que él se preocupara por los detalles; ya tenía bastante con sus empresas y con la carrera que había decidido comenzar. Por supuesto, le comunicaba los avances de los preparativos y lo mantenía al tanto de los trámites de adopción de Regina y Alfredo. Ronaldo aún no había tenido tiempo de verlos, pero pronto lo haría.

Regina se despertó agitada. Apenas había podido dormir unas horas por la emoción que la invadía. Quería estar en el orfanato cuanto antes, no podía esperar más. Alfredo estaba tranquilo, o esa era la impresión que daba. Adriana pasaría a recogerlos para llevarlos al Hogar del Niño. Regina no sabía qué ponerse; ya se había cambiado tres veces. Su madre estaba tratando de calmarla cuando Adriana tocó a la puerta. Regina y Alfredo salieron y los tres se encaminaron hacia el orfanato.

Sor Piedad les dio la bienvenida. Los niños habían preparado una pequeña velada para la pareja: cantaron canciones que Adriana les había enseñado cuando hacía su noviciado, por lo que ella se sintió tan contenta que un par de lágrimas rodaron por sus mejillas. Como sabían que Alfredo era italiano, los niños habían ensayado la bella canción Volare, que acompañaron con una serie de movimientos y coreografías que simulaban un vuelo de brazos extendidos en el que los niños chocaban entre sí. Fue una escena muy linda y Alfredo y Regina quedaron complacidos con el espectáculo. Aunque sólo había durado cinco minutos, los niños se sentían muy satisfechos de haber estado en el escenario y agradecieron a sus espectadores con reverencias.

Cuando los niños se retiraron a sus aulas, la Madre Superiora llevó a Regina y a Alfredo a visitar a los huérfanos en sus salas para que pudieran verlos más de cerca y conversaran con ellos. La intención de Sor Piedad era que pasaran todo el día con los niños y, de ser necesario, toda la semana; sólo así podrían conocerlos mejor. Regina le dijo a la Madre Superiora que la tarea sería muy difícil porque todos los niños eran encantadores; la elección sería realmente ardua; y de poder llevarse consigo a todos, añadió, sin duda lo haría. Sor Piedad, que llevaba años velando por los huérfanos, la entendió perfectamente y le dijo que no se preocupara, que el Señor guiaría su corazón. Sus palabras hicieron sentir mucho mejor a Regina.

Al cumplirse la semana en el Hogar, hubo tres niñas con las que Regina se sintió conectada. Alfredo le dijo que, si era necesario, continuarían visitando el orfanato durante dos semanas más, pero ella le respondió que se sentía casi lista para tomar la decisión ese mismo día. Alfredo, por su parte, quería dejar la decisión a Regina. Aunque el niño o niña que adoptaran sería hijo de ambos, sabía que Dios lo había bendecido con dos hijas y que el proceso sería menos duro si Regina decidía sola. Lo que no sabía Alfredo era que su opinión significaba mucho para su esposa.

Al llegar al orfanato, se encontraron con una religiosa que caminaba lentamente. Al prestar más atención, advirtieron que caminaba de esa manera porque iba detrás de un pequeño que llevaba un bastón. Había varios escalones y al niño le tomaba tiempo bajarlos. Alfredo se ofreció a ayudarlos y, al acercarse, se dio cuenta de que la gran dificultad del niño se debía a que era ciego. La hermana agradeció su ayuda y, como si tratara de apurarse para no estar en su presencia, entró corriendo en un área oscura del edificio. Alfredo y Regina se sintieron tristes por lo que acababan de presenciar, pero no hablaron del asunto. Poco después, Sor Piedad los llevaba a visitar a los niños.

Esta vez estaban jugando a la pelota, así que todos trataban de demostrar cuán buenos eran haciendo deporte. En ese momento, Alfredo se atrevió a preguntar a Sor Piedad:

—Madre Superiora, ¿cómo se llama el niño que encontramos por las escaleras, que iba con un bastón?

Sor Piedad le respondió que se llamaba Martín; además le explicó que había nacido ciego y su madre lo había abandonado en el hospital, el mismo día que había dado a luz. Al escuchar la historia, Regina y Alfredo se sintieron muy tristes. Sor Piedad les dijo que no se apenaran, que las hermanas y ella lo atendían bien y que el Señor veía por él. En ese momento, sin siquiera haber conversado sobre el tema, Alfredo comenzó a decir:

—Sor Piedad...

Pero Regina lo interrumpió y continuó su frase:

—Queremos adoptar a Martín.

Al oírla decir esas palabras, Alfredo abrazó fuertemente a Regina; habían decidido lo mismo en sus corazones. Martín era el hijo que les hacía falta, el niño al que darían todo su amor.

La Madre Superiora se sintió conmovida y unas lágrimas brotaron de sus ojos; sabía que los demás niños serían adoptados en algún momento de sus vidas.

Alfredo y Regina empezarían con los trámites; el proceso iba a ser lento pero no habría ningún problema, pues tendrían todo el tiempo del mundo para conocer a Martín. Aunque él no podía salir del orfanato hasta que los trámites hubiesen terminado, Alfredo y Regina podían visitarlo en el Hogar del Niño o llevarlo a pasear.

Regina estaba muy contenta y Emilia se sentía feliz por su hija; siempre había sido tan tierna... Era realmente maravilloso que Regina hubiese conocido a Alfredo, que era un ser sensible como ella.

Regina llevó a Martín de paseo a casa de su madre, donde la familia y los criados se preparaban para conocerlo. Trataron de hacerlo sentir a gusto. Al comienzo parecía asustado de estar con tanta gente y recibir atenciones por doquier, pero después de aquella primera vez la actitud de Martín fue cambiando; en definitiva, se trataba de un pequeñín que, aunque no podía ver lo que sucedía a su alrededor, sí captaba sin problema cada cosa que sucedía.

Martín tenía cuatro años y había pasado toda su vida en el orfanato. Hasta ese momento su mundo había estado reducido a las religiosas y a los niños del Hogar. Aunque no entendía totalmente lo que significaba la adopción, se alegró cuando le dijeron que Regina y Alfredo serían sus padres. Al comienzo lloró mucho al saber que ya no viviría en el orfanato, pero se fue acostumbrando a la idea de vivir con una familia.

XIII

Ronaldo y Adriana estaban casi listos para su boda, aunque los últimos meses habían sido muy arduos para ambos. Además, Ronaldo había logrado incursionar en el mundo de la política y se encontraba muy ocupado, no solamente aprendiendo y escuchando las necesidades del pueblo, sino también captando lo que los demás dignatarios le podían brindar a modo de enseñanza. Gracias a su carisma, había logrado entrar en un círculo que siempre había sido muy cerrado. Se trataba de un ambiente ajeno a las personas de su origen social, pero Ronaldo había podido situarse y progresar en esa sociedad que le resultaba cada vez más accesible. La gente empezaba a ver en él a un posible candidato a alcalde. No sólo era un hombre con éxito en los negocios, sino que también se movía con gracia en las esferas políticas y sociales de Trujillo. Aunque Adriana quería tener una ceremonia y una recepción relativamente privadas, estuvo de acuerdo con la idea de Ronaldo de invitar a dignatarios de la ciudad. Al fin y al cabo, él se había convertido en uno de ellos.

El día de la boda estuvo lleno de alegría en la ciudad. La gente más importante de Trujillo estuvo presente.

Adriana se veía bellísima y Ronaldo estaba muy feliz; Dios lo había bendecido sobremanera y él se sentía el hombre más afortunado del mundo.

En plena celebración en la hacienda de Emilia, uno de los amigos de Ronaldo asombró a los novios con una sorpresa: habían traído a unos cantantes que estaban de gira por la ciudad. Ronaldo se sobresaltó al ver que se trataba de Lidia Magueira y de su grupo teatral. Sintió un sabor amargo en la boca al verla; ella sabía que se trataba de su boda, pero igualmente había accedido a presentarse. Ronaldo no podía creer que pudiera ser tan cínica. ¿Qué hacer? Todo estaba dispuesto para el show; y sin prestarle ninguna atención personalizada, Ronaldo comenzó a presenciar el espectáculo sin separarse para nada de Adriana.

Cada vez que cantaba, Lidia lanzaba miradas apasionadas a Ronaldo. Él trataba de esquivarlas. En un momento, ella se acercó a él, lo tomó de la mano e hizo que permaneciera junto a ella durante toda su actuación. Adriana, inocentemente, aplaudía contenta, pensando que se trataba de un gran espectáculo. Ronaldo se sentía muy mal, pero logró ocultar muy bien su malestar.

Cuando Lidia y su grupo terminaron de actuar, ella pidió hablar con Ronaldo, pero él no quiso ceder a su pedido. No había nada de qué hablar. Ella insistió y fue a verlo. Adriana, que estaba al lado de Ronaldo, agradeció a Lidia su presencia y le dijo que había disfrutado mucho de su actuación. Lidia, amablemente, se disculpó con Adriana y le dijo que quería hablar un momento a solas con su flamante esposo. Sin plantear ningún problema, ella los dejó solos.

Lidia comenzó diciendo:

—¡Ronaldo, qué alegría que hayas encontrado a una buena mujer! Espero te haga sentir tan bien como yo.

Quiero que sepas que fuiste la pasión de mi vida. Joao es muy abierto, así que, si quieres volver conmigo, estaré en Trujillo dos o tres meses más.

Ronaldo se sintió muy mal porque Lidia le hacía sentir remordimiento. Adriana era la mujer más admirable del mundo y, aunque Lidia se veía tan escultural como siempre, ya no lo atraía como antes. Su ofrecimiento ya no era tentador, de modo que agradeció a Lidia su visita e hizo caso omiso de lo que le había ofrecido. Lidia salió enfadada de la hacienda. Pese a la inquietud de Ronaldo en ese momento, como todos estaban disfrutando de la algarabía, nadie advirtió nada extraño, salvo Marita, que conocía el episodio de su hijo con Lidia. Al percatarse del incidente, se acercó a su hijo y le dio una palmada en el hombro. Ronaldo entendió perfectamente que su madre sabía lo que le acontecía y, abrazándola con una sonrisa en los labios, le hizo entender que todo estaba bien. Marita se sintió aliviada.

Algunos de los invitados empezaron a gritar:

—¡Ronaldo Peña para alcalde! ¡Ronaldo Peña para alcalde!

Él sonreía con satisfacción mientras la gente aplaudía y gritaba apoyándolo. Adriana abrazaba a su esposo; sería una carrera dura, pero ella estaba lista para apoyarlo hasta el final.

Por su parte, Regina disfrutaba de la fiesta pero también cuidaba del pequeño Martín, que participaba de la algarabía. Aunque no podía ver qué sucedía, el niño escuchaba con atención los gritos y aplausos. Algo cansado, después de algunas horas se quedó dormido con la cabeza sobre el regazo de Regina. Alfredo estaba contento por la confianza que habían ganado ambos con Martín, con quien sentían un vínculo profundo. Los trámites de adopción habían llegado casi a su conclusión y la semana siguiente firmarían los últimos papeles, por lo que podrían volver a Florencia un par de semanas después. Martín no tenía idea de cómo era viajar en avión. ¡Sería la experiencia de su vida!

Ronaldo y Adriana decidieron pasar su luna de miel en un pueblito de la sierra que se llamaba Canta; estarían allí una semana porque Adriana tenía que regresar a ayudar a Sor Piedad con los niños. Necesitaban una maestra de coro y ella era muy buena para eso. Estaba contenta de poder trabajar en lo que más le gustaba: los niños.

Al llegar a Canta, Ronaldo trató de hacer sentir bien a Adriana. Sabía que era una muchacha pura; le dijo cuánto la amaba y la hizo sentirse deseada. Adriana dejó que poco a poco la invadiera la pasión. Todo era nuevo para ella, e incluso gozaba al ver que tenía la capacidad de volver loco a Ronaldo. Se sentía la mujer más bella del mundo. Y permitió que Ronaldo la amara con toda la pasión de que era capaz.

Los momentos que pasaron juntos en la sierra fueron hermosos. Ronaldo y Adriana apreciaban los magníficos paisajes, que eran como lienzos que se podían tocar. La gente del pueblo era muy hospitalaria. Montaron a caballo, se bañaron en claros manantiales y pasaron tardes contemplando el atardecer. Aunque habían sido días llenos de encanto, pronto llegaría el momento de regresar a Trujillo. Habían gozado tanto que sentían pena de tener que dejar ese hermoso lugar.

De regreso en la ciudad, Ronaldo retomó sus reuniones con distintos grupos gremiales para discutir inquietudes y escuchar lo que tuvieran que decir. Quería conocer de cerca al pueblo que representaría de resultar electo.

Adriana también tenía mucho que hacer. Feliz con su nueva vida de mujer casada, desempeñaba su labor en el orfanato con mayor esmero. Sor Piedad y las hermanas veían con alegría que su vida hubiera tomado el rumbo que el Señor había trazado para ella.

Llegó el día en que Regina, Alfredo y Martín tuvieron que partir hacia Italia. Fue muy difícil para el pequeño decir adiós a sus amiguitos, a Sor Piedad y a todas las hermanas del Hogar del Niño. Lloró mucho al despedirse, pero se tranquilizó pronto; ansiaba con emoción su llegada a un país que no conocía, donde, según le habían dicho sus padres, la gente hablaba otro idioma.

Cuándo llegaron a Florencia, Martín no dejaba de preguntar cómo se veía todo, y también quería saber cómo eran las personas: ¿eran más altas o más bajas que en Trujillo? ¿Más delgadas o más gordas? Las voces le sonaban similares, aunque podía notar un tono melodioso que, comentó a Regina, le gustaba mucho. Escuchando la televisión y a la gente en la calle, Martín logró empezar a conversar en italiano muy pronto. ¡Cuánto más gozaría -pensaba Regina- si pudiera ver! Era un niño tan inteligente que no dejaba de interrogarse acerca de todo. Alfredo había prometido a Regina que, al llegar a Florencia, se pondría en contacto con médicos especialistas para que estudiaran el caso de Martín. Sólo Dios sabía si había esperanzas para él.

Emilia e Ignacio estaban contentos por Regina y Alfredo, pues los veían felices en su función de padres. Emilia, sin embargo, aunque entretenida en sus eventos benéficos, pensaba que necesitaba llenar su vida más profundamente. Era muy feliz con Ignacio y, aunque sus parientes y amigos sabían que mantenían una relación desde hacía muchos años y no cuestionaban su legalidad, Emilia pensó que quizás era el momento de formalizar su vínculo. Le habló al respecto a Ignacio. Él le dijo que le habría gustado casarse con ella en el primer momento y que había respetado su idea de resguardar el lugar de Felipe, pero que, ciertamente, los tiempos habían cambiado, y también las condiciones.

Emilia habló con su hija y le contó que con Ignacio estaban considerando la idea de casarse. Regina se emocionó mucho por su madre; sabía que Ignacio la quería muchísimo y que siempre había velado por su propio bienestar y el de su madre, así que le deseó lo mejor. Emilia también comunicó la noticia a Mariana, aunque ésta no estuvo de acuerdo con la decisión. Le surgía un mal sabor en la boca cuando recordaba los primeros años de la relación entre Ignacio y Emilia, en vida de Felipe. Aunque Mariana siempre quería lo mejor para su prima, no iba a callarse lo que pensara y, tal como lo había hecho en el pasado, habló con Emilia:

—Yo sé que se quieren y que los unen vivencias de muchos años —le dijo—, pero Ignacio representó una mala influencia en tu vida cuando eras joven. Que ahora haya cambiado por ser ya un hombre mayor que no despierta interés en las muchachas no quiere decir que sea el hombre ideal para una mujer como tú.

Emilia se ofuscó y le respondió:

—¿Qué quieres decir con "una mujer como yo"? ¿Es que soy algún tipo de heroína? No soy más que una mujer común y corriente, que comete errores como los demás. Y tengo necesidad de amar y de gozar de una compañía como todos. Tú has tenido la suerte, o la sensatez, de llevar una vida ejemplar. Me gustaría haber sido como tú, pero no lo soy. Debo vivir mi vida como sé hacerlo. En los últimos años, Ignacio me ha demostrado lo importante que soy para él. No soy la única que ha cometido errores, también él los ha cometido.

Mariana continuaba pensando que Emilia hacía mal en casarse con Ignacio. A través de los años, le había hecho saber todo lo que pensaba, pero la última vez, su sinceridad le había costado el distanciamiento por parte de su prima. Esta vez no quería pagar ese precio, así que, abrazándola, le dijo que quería lo mejor para ella y que si lo que realmente deseaba era casarse con Ignacio, ella no se interpondría. Las primas se abrazaron y lloraron juntas.

En parte, Emilia quería que Ignacio fuese su esposo para asegurar que, si algún día algo le pasara a ella, Ignacio tuviera derecho sobre sus posesiones junto con Regina. Emilia consideraba que él había cuidado de ella; la simple compañía, el apoyo y el amor maduro que le había brindado durante los últimos años merecían algún tipo de reciprocidad financiera. Ignacio, quien nunca había pedido nada, se alegró mucho cuando Emilia le propuso que formalizaran su relación. Ella nunca le mencionó que el aspecto económico era la razón de su inquietud porque no quería que se sintiera ofendido.

Esa noche Ignacio fue a ver a unos amigos para compartir su noticia. Alegres, estos muchachos de antes, ahora viejos, le ofrecieron un trago, pero Ignacio les dijo que ya no bebía, que era cosa del pasado. Ellos se echaron a reír pensando que exageraba. No le estaban pidiendo que se emborrachara, sino que simplemente bebiera una copa para brindar juntos. Pero tanta fue la burla de sus amigos, que Ignacio accedió. El error fue ese primer trago, ya que tras esa copa vinieron otra, otra y otra más. Finalmente, cuando sus amigos ya habían dejado el lugar, Ignacio permanecía sentado en la barra del restaurante; ya eran las cuatro de la madrugada. Ebrio, no podía pararse, así que se quedó allí sentado. El dueño del establecimiento trató de levantarlo y llamó a otros hombres para que lo ayudaran a cargarlo. Pidieron un taxi y le dijeron al conductor que lo dejara en un banco de algún parque. Fue allí donde Ignacio pasó el resto de la noche. Al despertarse, entrada la mañana, se dio cuenta de dónde estaba y se sintió avergonzado. Esperaba que nadie lo hubiese reconocido.

Cuando llegó a la hacienda y entró corriendo a su habitación, Emilia ya había tomado el desayuno y estaba en el jardín. Al verlo pasar, subió a buscarlo y le dijo que se había preocupado mucho por él. Ignacio no hacía sino disculparse, no tenía manera de explicar lo sucedido. Le prometió que no volvería a ocurrir. Emilia le creyó y no volvió a tocar el tema.

Ignacio creía haber superado el alcoholismo; nunca había pensado que, después de más de diez años de permanecer sobrio, el menor descuido podría llevarlo de nuevo al vicio. Y así fue. Luego de ese día, sentía permanentemente unas ganas impetuosas de beber. Sin que Emilia supiera, salía temprano en la mañana y, cuando ella pensaba que estaba ocupado trabajando en el huerto, se pasaba horas bebiendo en la casita que le perteneciera cuando era joven. Emilia no sospechaba nada porque pasaba los días sumergida en sus actividades benéficas. Ignacio pensó en ocultar su vicio, pero no consideró que, al embriagarse, perdía el control de sí y muchas veces terminaba en lugares en los que la gente lo reconocía.

Así, en una ocasión, se paró en la puerta del Teatro Municipal con una botella de ron en la mano justo cuando la gente salía de una función. En esa oportunidad, Sandra, la amiga de Emilia, lo reconoció y lo llevó a su casa. Como ella siempre había sentido algo especial por él y habían mantenido una relación íntima, tenerlo otra vez en su casa la hacía sentir como si el tiempo no hubiese transcurrido. Sandra continuaba arguyendo que su hija Elvira era hija de Ignacio, pero él nunca había reconocido su paternidad. Allí, en casa de Sandra, a solas con ella y ebrio, Ignacio terminó en sus brazos, como en los viejos tiempos. Ella lo mantuvo ebrio varios días; sabía bien que Ignacio y Emilia formaban una pareja y que, seguramente, ella estaría buscándolo, pero esto no le importó en absoluto.

En la hacienda, Emilia estaba preocupada por Ignacio. No tardó en sospechar que podría haber regresado al alcoholismo, pero no quiso llamar a la policía porque le avergonzaba la idea de que lo encontraran en estado de ebriedad. Era una situación embarazosa para una mujer de su edad. Una vez más, sólo podía confiar en Mariana.

La llamó y le contó lo que sucedía. Mariana era muy buena para escuchar y, aunque se había opuesto a la relación en el pasado, trataba de no reprocharle nada a su prima. Juntas pensaron en buscarlo. Pero, ¿dónde podría estar? Ir en su busca entrando en todos los bares de la ciudad no era una buena idea, sin duda. Y así fue como Emilia pensó que Ronaldo sería la persona indicada para ayudarlas. Hablaría con Marita para que ella lo convenciera.

Ronaldo no se mostró muy contento de tener que ir de bar en bar buscando a Ignacio; la reputación que había logrado hacerse a través de los años no podía sufrir daños, pero, al mismo tiempo, su madre se lo había pedido. Entonces Ronaldo envió a dos de sus empleados para que lo buscaran. Eran hombres de su más alta confianza. La búsqueda se llevaría a cabo bajo estricta confidencialidad; ellos eran profesionales y sabrían cómo obrar.

Después de un par de días, los empleados de Ronaldo averiguaron que Ignacio había sido visto por última vez en el Teatro Municipal. Al indagar allí, uno de los vendedores de boletos dijo haber observado a un hombre que coincidía con la descripción de Ignacio subir al auto de una señora que vivía cerca de la hacienda de

Emilia. Ella sólo tenía dos vecinos cercanos: los Salazar, una pareja de ancianos, y Sandra Mariátegui, una mujer divorciada.

Ronaldo tocó a la puerta de la casa de Sandra. Le abrió un criado y lo hizo pasar. Sandra salió a recibirlo después de unos minutos. Ronaldo le preguntó si sabía el paradero de Ignacio. Ella, muy nerviosa, le contestó que no sabía nada. Al despedirse, a Ronaldo no le quedó la menor duda de que Ignacio estaba en casa de Sandra: ella se mostraba demasiado intranquila, evidentemente lo estaba ocultando.

Emilia atravesaba por un momento muy difícil. ¿Por qué ahora me pasa esto?, se preguntaba. Aunque Mariana y Marita trataban de consolarla, volvía a sentirse deprimida. De encontrar a Ignacio, no sabía si le reprocharía su comportamiento o, simplemente, trataría de convencerlo de seguir un tratamiento. No, no se daría por vencida. Quería pensar en el alcoholismo como lo que era, una enfermedad.

Emilia no sabía si debía abrumar a Regina con la noticia de la desaparición de Ignacio porque sabía que ella y Alfredo tenían suficiente con la búsqueda del milagro que devolviera la vista a Martín.

Cuando Ronaldo le comentó a Adriana lo que le estaba sucediendo a Emilia, la joven se conmovió y, apenada por cómo sufría Emilia, quiso ayudarla. Iría a visitarla y la invitaría al orfanato para que asistiera a las actuaciones de los niños, quizás al mantenerse ocupada su frustración y tristeza se disiparan un poco.

Adriana estaba en el Hogar del Niño cuando vio llegar en un auto muy grande a una dama mayor que, sin embargo, no dejaba de ser atractiva. Descendió y habló con uno de los niños. Después de que la señora se hubo marchado, Adriana tuvo curiosidad y preguntó a aquel muchachito quién era aquella mujer. Él le dijo que esa señora quería llevarlo a su casa. Adriana se alegró por él.

Como Sor Piedad dejaba que los niños pasaran algunos días en casa de los candidatos para la adopción, pensó que ese niño, Arturo, podría disfrutar de salir y de visitar a aquella hermosa dama. De modo que pidió a Adriana que le hiciera el favor de ayudar a Arturo, pues sería mejor que alguien del orfanato lo llevara a la casa de la señora en lugar de que ella lo recogiera por allí. De esta manera se haría una idea de cómo se veía la casa y de si era un lugar de confianza. Adriana tenía suficiente experiencia como para poder tomar una decisión rápida y regresar al orfanato a reportar lo observado. Así que aceptó ayudar.

Al llegar a la casa de la dama, un criado abrió y le dijo que esperara. Arturo estaba muy emocionado. La señora bajó y se presentó; ella y Adriana conversaron unos minutos. Adriana se despidió de Arturo y le dijo que lo recogería en la noche para llevarlo de regreso al orfanato.

Ronaldo continuaba tratando de conseguir votos para su elección. Aunque todo le auguraba el éxito, nada sería definitivo hasta después de las elecciones. Estaba tranquilo y trataba de volcarse a sus negocios. La suerte estaba echada.

Adriana llegó a recoger a Arturo. La dama era muy amable y le dijo que le encantaría tener a Arturo en su casa todos los fines de semana. Adriana hablaría con la Madre Superiora para ver si eso era posible. Al parecer, tenía hijas mayores y se sentía muy sola; pensaba que era el momento adecuado para cuidar de un niño pues tenía todo el dinero y el tiempo del mundo para hacerlo.

Arturo parecía contento, aunque confesó a Adriana que no se había divertido. Le gustaba mucho la casa de la señora y su jardín, pero no había otros niños. Se quejaba de que los mayores hablaran de cosas que él no entendía. Adriana le preguntó quiénes eran los mayores a los que se refería y Arturo le dijo:

—Sandra y Nacio.

Adriana escuchó las historias de todo lo que había hecho durante el día. Al preguntarle si quería regresar a la casa de Sandra, Arturo le dijo que no porque ella no era cariñosa y que él se había pasado el día solo escuchándola hablar con Nacio.

Ronaldo recogió a Adriana del Hogar del Niño. Conversaron de cuánto estaba sufriendo Emilia y decidieron pasar a saludarla. Conduciendo frente a la casa de Sandra Mariátegui, Adriana le dijo a Ronaldo que esa era la casa donde Arturo había pasado el día. Ronaldo no podía creer lo que escuchaba. Luego, ella le contó la historia de Nacio y fue en ese momento que se dieron cuenta de que Ignacio había estado viviendo los últimos cuatro días en casa de Sandra, a sólo unos metros de la hacienda de Emilia.

Ronaldo dejó a Adriana en casa de Emilia y, llevando consigo a dos de sus empleados, se dirigió a la casa de Sandra. Una vez adentro, preguntó sin titubear por Ignacio. Sandra pretendía no saber nada, pero al escuchar su nombre, Ignacio salió de la habitación, completamente ebrio; parecía haber estado borracho durante los últimos cuatro días. Ignacio reconoció a Ronaldo y le dio un abrazo. Éste le dijo que subiera a su auto, que regresarían a la hacienda. Sandra no decía nada, no tenía nada que alegar. Ronaldo le dijo que no la acusaría con la policía sólo porque sabía que había sido compañera de escuela de Emilia; además, no quería que Arturo se enterara de la clase de mujer que era.

Al llegar a la hacienda, Emilia los esperaba ansiosa. No corrió a abrazar a Ignacio, sino que pidió a los empleados de Ronaldo que lo llevaran a una habitación que le había preparado. Agradeció a Ronaldo y a Adriana por su ayuda y se despidió de ellos.

Cuando se hubieron marchado, Emilia rompió a llorar. No podía creer lo que estaba viviendo. ¿Es que su castigo no tendría fin? ¿Por qué en ese momento, que todo parecía tener sentido, él se tornaba tan torcido? ¿Es que ese hombre no tenía manera de controlar su vida? ¿Justamente ahora, que iban a convertirse en marido y mujer? Hacía sólo unas semanas que se había convencido de lo mucho que Ignacio había significado en su vida, ¿y ahora esto? Sentada en la terraza de su habitación, contemplando una hermosa luna llena, se hacía mil preguntas.

XIV

Ignacio se despertó muy enfadado buscando una botella de alcohol. Emilia lo encontró en la sala, gritando y hablando solo. Trató de tranquilizarlo y le dijo que ya estaba en su casa y que necesitaba ayuda. Ignacio no la escuchaba y continuaba buscando bebida sin cesar.

Los empleados de la hacienda, al oír los gritos de Ignacio, corrieron a la sala pensando que Emilia corría peligro. Avergonzada, ella les ordenó que regresaran a sus quehaceres, pues ella se encargaría del asunto. No obstante, le pidió a Marita que se quedara. Emilia pensó que el doctor Zambrano, aunque ya anciano, podría guiarla y aconsejarla acerca de la mejor manera de tratar a Ignacio. Y Marita fue a llamarlo.

Emilia no quería que la gente se enterara de la condición en la que se encontraba Ignacio; vivir con un hombre que no era su esposo era suficiente motivo de habladurías, que resultara ser un borracho empedernido era demasiado.

El doctor Zambrano llegó a la hacienda. Según su opinión, la única manera de poder ayudar a Ignacio sería internándolo en una clínica especializada en alcoholismo ya que en la hacienda sería difícil controlar su comportamiento. Además, si Emilia quería evitar los escándalos que muy fácilmente Ignacio podría causar, los médicos y el personal de la clínica serían discretos.

Emilia aceptó la sugerencia del médico. El tratamiento duraría inicialmente un mes, pero más adelante tendría que verse si Ignacio debía permanecer más tiempo allí o podía regresar a la hacienda. El doctor Zambrano advirtió a Emilia que el costo del tratamiento y de los medicamentos sería bastante alto. Ella tenía dinero, pero no podía malgastarlo; para empezar, contaría con lo que tenía y vería qué hacer más adelante. Marita, que escuchaba lo que el médico decía, se ofreció a hablar con Ronaldo para que ayudara con los pagos y Emilia la abrazó agradecida.

El personal de la Clínica Monte Verde llegó a recoger a Ignacio pero él se resistió a ir con ellos: pateaba, gritaba y lanzaba insultos por doquier. Era un comportamiento que Emilia jamás había presenciado en Ignacio. Finalmente lo sacaron de su casa a la fuerza. A Emilia le parecía imposible que pudiese recuperar la cordura. El especialista le dijo que se quedara tranquila, que Ignacio estaría bien y que en la clínica se ocuparían de velar por su bienestar. Ella se sentía tan dolida que se preguntaba si valdría la pena volver a verlo Dentro de sí, sentía rabia, pena y una gran frustración.

En un principio Emilia no quería tocar el tema de Ignacio con Ronaldo, pero después que él fuera llevado a la Clínica Monte Verde, tuvo más tiempo para recapacitar y aclarar sus pensamientos. Llamó a Ronaldo para preguntarle dónde había estado Ignacio durante esos cuatro días. Él le contó que Sandra Mariátegui había tenido a Ignacio escondido en su casa, proveyéndole todo tipo de alcohol. Emilia no era tonta y sabía que Sandra Mariátegui había gustado de Ignacio durante toda su vida.

Indignada, decidió ir a hablar con Sandra. Al llegar a su casa, se arrepintió de estar allí, pero era demasiado tarde. Sandra salió a recibirla y, antes que Emilia empezara a hablar, le dijo:

—¿Así que has recuperado a tu marioneta? ¿Cómo te puedes contentar con tan poco? No sólo lo dejaste escapar cuando eras joven, sino que volviste a perderlo en manos de ese vicio que él nunca pudo dejar. Durante los años que fue mi amante, Ignacio estuvo siempre ebrio y a mí me gustaba así porque me hacía sentir más deseada. La semana pasada volvió a hacerme sentir mujer.

Emilia quería matar a Sandra; su ira era incontenible. ¿Cómo podía ser tan fresca y decirle tanta basura? ¿Quién creía ser? Lo que más rabia le daba era que se creía dueña de Ignacio. Emilia no quería ponerse al nivel de Sandra, así que decidió dejarla sola, hablando de lo que quisiera. Dio media vuelta, subió a su auto y pidió a su chofer que la llevara a lo de su prima.

En casa de Mariana, Emilia lloró desconsoladamente. ¿Cómo era posible que la semana pasada hubiesen estado hablando de su boda con Ignacio y ahora sobre esto? Mariana callaba todo el tiempo, no se le ocurría la manera de consolar a su prima. Todo lo que ella siempre había pensado sobre Ignacio ya se lo había mencionado. La invitó a que se quedara en su casa unos días para que estuviera acompañada; podrían ir al teatro, de paseo por el campo y tratar de entretenerse un poco. Emilia aceptó la invitación.

Sólo restaban unos días para que Ronaldo consiguiera aquello que tanto había anhelado. Adriana había empezado a ayudar más a su esposo con la campaña, así que pidió permiso en el orfanato para ausentarse. En la oficina en la que estuvo recaudando fondos para Ronaldo, se sintió integrada casi de inmediato, como si siempre hubiese trabajado allí, quizás porque desde el comienzo se hizo amiga de una joven con la que rápidamente se sintió a gusto. Su nombre era Claudia y era estudiante de derecho.

Claudia era bonita, de aspecto atlético, alta, de hombros anchos y caderas estrechas, que llevaba el cabello recogido todo el tiempo. Adriana y Claudia se esperaban mutuamente al salir de la oficina, almorzaban juntas y se llamaban por teléfono constantemente. A Ronaldo lo alegraba saber que Adriana tenía alguien con quien hablar y sentirse bien.

Poco a poco, Claudia empezó a cambiar la buena actitud que tenía con Adriana; se molestaba cuando ésta hablaba con otras personas y quería que terminara de trabajar exactamente a la misma hora que ella. Si la esperaba unos minutos, le reprochaba la espera. Al principio Adriana se había llevado bien con Claudia, pero ahora encontraba su amistad demasiado posesiva. Claudia la llamaba a la casa y, como habían ido juntas al cine algunas veces, ahora quería cenar con Adriana todas las noches aunque sabía bien que Adriana era casada y que era lógico que fuera a cenar a casa con su marido. En fin, demandaba su atención incondicional de diversas maneras. Pero Adriana soportaba sus reproches porque no quería perder su amistad.

Un día, cuando todos se habían marchado de la oficina, Claudia cerró la puerta con llave. Adriana rió pensando que era una broma. Entonces Claudia le dijo:

—¿Por qué tienes que estar siempre coqueteando con Javier y Pepe? Tampoco me gusta que hables con Lupe, ¿cuántas veces tengo que decirte que no me gusta que lo hagas? Si quieres seguir conmigo, tienes que acordarte de lo que me gusta y de lo que no me gusta.

Adriana se sorprendió al escuchar aquel tono autoritario de Claudia; le hablaba como si fuera su dueña. Tan asustada estaba por la manera en que Claudia se había expresado, que sintió ganas de llorar. Claudia corrió a abrazarla como si Adriana fuera una niña pequeña, pero hizo algo más: la cogió de la barbilla y trató de darle un beso en los labios. Aunque Adriana estaba afligida, atinó a mover la cara para evitar el beso y la empujó fuertemente, apartándose de ella. Claudia era fuerte y mucho más alta que Adriana. Y nuevamente altanera, le dijo:

—Adrianita, no te hagas la inocente, no tengo tiempo para puritanismos. Sabes cuánto me gustas. Hemos salido juntas tantas veces... Te he perseguido lo suficiente y siempre has mostrado que me correspondes. No te estoy pidiendo que dejes a tu marido, por lo menos no por ahora.

Adriana quería gritar y pedir ayuda. ¿Era posible que Claudia hubiese pensado que ella le correspondía? Habían salido, sí, pero sólo para pasar un buen rato entre amigas. ¿Le habría dado la impresión equivocada sin darse cuenta? En ese momento, escucharon que alguien abría la puerta. Era Ronaldo.

Él se extrañó de encontrar a Claudia y Adriana allí a las diez de la noche, cuando ya todos se habían marchado. Además, la puerta estaba cerrada con llave. Ronaldo preguntó a Adriana qué hacía allí tan tarde. Ella, que todavía estaba afectada por lo que le había sucedido, no supo qué decir. Claudia dijo que habían escuchado ruidos extraños y que se habían asustado tanto que habían decidido cerrar la puerta con llave. Añadió que se alegraban de verlo porque se habían pegado un gran susto.

Ronaldo creyó esta historia. Luego, Adriana y Ronaldo llevaron a Claudia a su casa y partieron rumbo a la suya. De camino, en silencio, Adriana no sabía qué hacer. Pensaba que Ronaldo podía escucharla y entender lo que había sucedido, nunca le había ocultado nada, pero al mismo tiempo se sentía avergonzada, como si hubiese hecho algo malo, impuro. Prefirió callar y pensar cómo lidiaría con la situación.

Al día siguiente, mientras Ronaldo se preparaba para ir a trabajar, Adriana le dijo que no se sentía bien y que partiera sin ella. Ronaldo no sospechó nada. Dos horas más tarde, la llamó Claudia y le preguntó por qué no había ido a la oficina. Adriana le dijo que lo que había sucedido la noche anterior había sido algo inesperado para ella. Le explicó que nunca había sido su intención hacerla abrigar esperanzas acerca de algo que fuera más que una amistad, agregó que era muy feliz con Ronaldo y que no quería tener nada con ella.

Claudia se sintió ofendida y expresó su sorpresa al escucharla. Según su manera de pensar, Adriana había mostrado que le agradaban su compañía y sus halagos y no entendía por qué ahora se retractaba de esa manera. Colgaron el teléfono cuando Adriana dijo que no tenía nada de qué hablar y pidió a Claudia que la dejara en paz.

En Florencia, Alfredo había contactado a los mejores especialistas para que trataran a Martín, pero los médicos no querían anticipar nada hasta poder tener una idea concreta de la condición del niño. Regina y Alfredo estaban preparados para lo que fuera. Martín era el niño más alegre del mundo y no se quejaba de su ceguera. Si Dios deseaba que recobrara la vista, así sería.

Un grupo de médicos operó a Martín. La intervención duró varias horas, durante las cuales Alfredo y Regina esperaron ansiosos. Arrodillados en la capilla del hospital, ambos rezaron con fervor.

Al término de la operación, el cirujano principal pidió hablar con ellos en su consultorio. Regina y Alfredo estaban muy nerviosos. Lo peor de todo era que la cara del médico no les decía nada: tenía una expresión fría. El doctor Manzi les dijo en un tono monótono:

—Martín es un niño muy valiente, ha vivido alegremente sin poder ver, desde que nació. Ahora que puede ver va a poder disfrutar más aún de la vida.

Regina y Alfredo se pusieron de pie simultáneamente, se abrazaron y abrazaron también al doctor Manzi, que haciendo un pequeño esfuerzo levantó la comisura de los labios.

Regina corrió a llamar a su madre. No la encontró en su casa, pero Marita le dijo que estaba pasando unos días en la casa de Mariana. Marita no quiso asustar a Regina con lo que le sucedía a Ignacio, así que no le dijo nada. Regina dijo que volvería a llamar en unos días; no adelantó su noticia a Marita porque quería ser ella misma la que se la diera a su madre.

Ignacio no estaba contento de estar en la clínica, aunque el personal era muy considerado con él, sobre todo porque conocían a Emilia. Los médicos le dijeron que si cooperaba podría salir en cuatro semanas. Ignacio sabía cuánto había herido a Emilia y quería que ella lo perdonara, pero al mismo tiempo se había rendido ante el vicio que lo había dominado en su juventud. Prometió a los médicos que acataría sus órdenes, pero al pedir ver a Emilia, le dijeron que por el momento eso sería imposible. La llamarían en un par de semanas.

Emilia, entretanto, se había propuesto no pensar en Ignacio. Mariana le había prometido que se distraerían, de modo que iban de museo en museo y de teatro en teatro. Pero en las noches, antes de dormir, Emilia volvía a pensar en Ignacio. Mariana nunca pudo entender lo que su prima encontraba en ese hombre, y se lo preguntó. Emilia le dijo que al comienzo todo había sido pasión, una pasión tan fuerte que la había hecho ser infiel a su novio, quien luego se convertiría en su marido. Después, con el transcurrir de los años, al verlo más tranquilo y más maduro, la había cautivado su cariño y el hecho de que cuidara de ella y de Regina. Además, y aunque no lo había mencionado antes, le confesó que había posibilidades de que Regina fuera su hija.

Mariana se quedó atónita al escucharla. ¿Cómo era posible que Emilia hubiera callado eso durante tantos años? Emilia le decía que nunca lo sabría con certeza porque el mismo Ignacio tampoco estaba seguro de ello. Mariana se apenó de haber presionado a su prima con tantas preguntas, al punto de haberla hecho revelar un secreto que no tenía derecho a saber. Trataba de entenderla y, a la vez, pensaba en su propia relación. Joaquín había sido su único amor, se habían casado cuando ella tenía sólo veinte años y, al poco tiempo, habían tenido a Alonso y a María Fernanda. Joaquín trabajaba todo el día y los chicos habían crecido. La vida era monótona para ella, pero eso era lo que ella quería, o por lo menos así lo sentía. Emilia le dijo que, aunque se sentía culpable por los años durante los cuales había escondido su relación con Ignacio faltándole a Felipe, la pasión que había sentido por Ignacio permanecería en su memoria para siempre. Mariana no podía evitar sentir envidia al escucharla; Joaquín la había querido siempre, pero ella no conocía, realmente, el tipo de pasión a la que se refería Emilia.

Ronaldo fue a buscar unos documentos a la oficina y se encontró con Claudia, quien lo trató de manera muy poco amigable. Él no entendió por qué ella tenía esa actitud, pero no le dio importancia.

Al llegar a casa, mencionó a Adriana su encuentro con Claudia y ella sintió que debía ser sincera con su marido y le contó todo lo sucedido la noche anterior en la oficina. Ronaldo no podía creer que Adriana hubiese salido con una mujer como Claudia ni que hubiesen estado a solas en tantas oportunidades, y se sintió enfadado.

Aunque Adriana sabía que no había obrado con mala intención, sentía que su marido la repudiaba. Ella lo abrazó, pero Ronaldo la apartó de su lado. Por lo general, él solía ser cariñoso, pero esta vez se mantuvo frío y le dijo que iba a acostarse.

A la mañana siguiente, Ronaldo fue a la oficina temprano. Allí había varios empleados, Claudia entre ellos. Pidió a ésta que fuera a su despacho. Claudia se presentó altanera y Ronaldo le dijo:

—No sé qué ideas tienes en la cabeza sobre mi mujer, pero quiero que recuerdes que es mía. Ella te ha dicho que la dejes en paz y más vale que lo hagas.

Claudia no dijo nada; simplemente salió y cerró la puerta con fuerza. Cogió sus cosas y salió de la oficina. No volvió a trabajar allí.

Al entrar en un bar, Claudia se encontró con una mujer que le llamó la atención pues era muy atractiva. Se acercó a ella y le ofreció un trago. La mujer aceptó. Conversaron y bebieron juntas un par de horas. Se había hecho tarde, y la mujer le dijo si quería ir a su casa. Claudia aceptó la invitación y pasó la noche con ella. En la mañana, Claudia despertó y se encontró sola en la habitación. Salió a buscar a la mujer con la que había pasado la noche y la encontró en su sala, llorando. Trató de consolarla, pero ella no se dejaba agarrar y continuaba llorando. Claudia insistió y la abrazó. Se presentó y le dijo que se llamaba Claudia Pereira y que quería conocerla mejor. La mujer le dijo que tenía demasiados problemas, que estaba sola, que había tratado de tener una familia pero que su marido la había abandonado; sus hijas habían crecido, había mantenido una relación con un hombre que bebía, quien también había terminado dejándola aunque habían tenido una hija. Había tratado nuevamente de tener una familia, adoptando a un pequeño, pero se lo habían quitado. El mismo hombre que la había abandonado, luego de muchos años de ausencia, había regresado, pero ella no había sido lo suficientemente mujer como para retenerlo. Lo había perdido otra vez. Claudia la besaba y le decía que no valía la pena que llorara por ningún hombre. Allí estaba ella, dispuesta a dar todo por esa mujer; de darle una oportunidad, ella se lo demostraría. La mujer se sintió mejor y se presentó como Sandra Mariátegui. Se besaron y amaron apasionadamente. Claudia le dijo que iría por sus cosas y se mudaría a vivir con ella siempre y cuando lo deseara. Sandra le dijo que sí y que lo hiciera cuanto antes.

Ronaldo se mostraba muy frío con Adriana, como si la acusara de haber motivado aquellos sentimientos en Claudia. Pero Adriana no se quería dar por vencida. Sabía que su marido la amaba y que lo que estaba sintiendo era pasajero, que con amor y paciencia Ronaldo superaría lo que estaba viviendo. Así que se propuso algo nuevo: salir de compras. Buscó trajes que nunca antes había pensado en ponerse: faldas atrevidas, con cortes muy sensuales, tacones muy altos y de colores fuertes, blusas muy escotadas y ceñidas. También compró prendas íntimas muy insinuantes, aun cuando se sonrojaba eligiéndolas en las tiendas. Tenía un plan: reconquistar a su marido.

Una noche que Ronaldo llegó como siempre a la hora de cenar, encontró a Adriana vestida de manera muy distinta. El escote de su vestido dejaba ver parte de su pecho, mostrando cuán voluptuosa era su figura; los tacones que tenía puestos eran altísimos y la hacían parecer tan alta como él; el vestido, pegado al cuerpo, hacía que sus caderas se dibujaran perfectamente. Ronaldo no pudo evitar mostrarse sorprendido. Adriana parecía otra mujer.

Acercándose, Adriana le dio un beso en los labios, dándole pequeños mordiscos. Y cuando Ronaldo se preparó para más, ella se alejó coquetamente, como escapando de él. Todavía no estaba segura de si Ronaldo estaba disfrutando de su plan o no. Y, en efecto, él estaba confundido; se había enamorado de una muchacha muy dulce, pura, que irradiaba ternura y a quien él admiraba. Verla vestida así, tan provocativamente, le traía a la memoria el cuerpo y los encantos de Lidia Magueira. No le importaba tanto lo que Adriana fuera o no, sino lo que su conciencia le reclamaba. ¿Cómo podía haberla hecho sentir culpable de algo que ella no había provocado cuando él había vivido una historia con Lidia? Sí, los encantos de Adriana habían logrado aclarar sus sentimientos equivocados. Lo que Claudia sentía era culpa suya y de nadie más.

Instantáneamente, al dejar de pensar en tantas cosas, Ronaldo comenzó a reclamar lo que era suyo: Adriana. La tomó por la cintura precisamente en el instante en que ella jugaba a apartarse de él. En un juego delicioso, la abrazó, la acarició, la desvistió y la amó. Adriana había logrado su cometido. Además, ahora su marido conocía otra faceta suya, una faceta que ella misma había desconocido hasta ese momento.

Cumpliendo con su promesa, cuando hubo pasado algún tiempo, los doctores llamaron a Emilia para que visitase a Ignacio. Ella no se sentía tan segura de querer hacerlo y pidió a Mariana que la acompañara, pues no quería ir sola.

En el hospital, él la esperaba ansioso. Emilia vio a un hombre muy mayor, delgado y cansado: era Ignacio. Había cambiado mucho en poco tiempo. Él corrió a abrazarla, pero Emilia se mantuvo distante. Le preguntó cómo se sentía. Él no contestó, sino que le pidió perdón. No mencionó a Sandra. En realidad, no recordaba mucho lo que había sido de él durante los días que había pasado en su casa. Mariana los quiso dejar solos para que hablaran, pero Emilia le dijo que se quedara. Ignacio se sintió muy triste: se dio cuenta de que había desilusionado a la mujer de su vida. Y aunque ya lo había hecho varias veces, al parecer, esta vez era distinto.

Emilia y Mariana dejaron el hospital. Emilia lloraba pero no quería hablar de nada. No sabía si esperar a Ignacio u olvidarse de él. Al fin y al cabo, no tenían una relación oficial. Mariana la escuchaba pacientemente.

Influenciada por la conversación que había tenido con Emilia unos días atrás, sobre la pasión entre ella e Ignacio, Mariana se dirigió a su esposo, Joaquín, y le preguntó sin más:

—¿Alguna vez has sentido una pasión tan grande por mí que hubieras deseado poder perderte en ella?

Joaquín, no entendiendo por qué le había preguntado eso de un momento a otro, titubeando le dijo:

—¿Qué pasa? ¿Te han venido con historias? ¿Qué te han dicho tus amigas? No les creas, la gente dice cosas.

Mariana, sorprendida por la respuesta de su marido, le preguntó incrédula:

—¿De qué le estaba hablando?

En ese momento empezó a inquietarse. ¿Era posible que Joaquín, el hombre con el que había estado casada más de treinta años, le hubiera sido infiel? ¿Por qué se daba cuenta ahora? Si no se había enterado en el pasado, no quería saberlo hoy. Quería seguir pensando que su vida era perfecta.

Mariana le contó a Emilia la conversación que había tenido con Joaquín. Emilia podía intuir la infidelidad de él, pero no quería preocupar a su prima. Le dijo que no pensara mal, que la gente se ponía a la defensiva cuando no entendía de qué se le hablaba. No había necesidad de escarbar, sobre todo si no quería tener que enfrentar algo contra lo que no sabría cómo reaccionar. Mariana, confundida ante su comentario, pensó en dejar todo como estaba. Era increíble que un simple comentario de Joaquín la hubiera dejado tan dudosa.

Martín saldría del hospital; ya le habían quitado las vendas y, para su sorpresa, podía verlo todo. El niño estaba más que feliz. Las enfermeras le dijeron que iban a extrañarlo y le pidieron que pasara a visitarlas de vez en cuando. Alfredo había llamado a sus hijas para darles la noticia de Martín. Ellas no sólo querían conocerlo, sino también estar con él para celebrar juntos el acontecimiento de su recuperación de la vista. Alfredo les prometió que pronto podrían recibirlas.

Ronaldo esperaba con nerviosismo el resultado de las elecciones para la alcaldía. Adriana trataba de tranquilizarlo. Ya no lo ayudaba desde la oficina, pero estaba lista a recibirlo cada tarde o noche cuando regresaba del trabajo.

Los resultados fueron tan favorables para Ronaldo, que antes que el conteo hubiese terminado la gente anunciaba en las calles su victoria. Emocionado, llamó a Adriana y a Marita. Las dos, que estaban pendientes de los resultados mirando la televisión, saltaron de alegría al hablar con él.

Emilia también se alegraba por Ronaldo y seguía las noticias con entusiasmo desde su casa; pero no podía dejar de sentir la desilusión que le había causado el problema con Ignacio. Siempre había sido una mujer decidida, que no se dejaba abatir por los golpes de la vida, y ésta no sería una excepción. Lucharía por recuperar a Ignacio. Al fin y al cabo, habían pasado juntos toda una vida y habían compartido todo tipo de vivencias. Él la necesitaba más que nunca. Cambiaría de actitud y le demostraría que lo apoyaba, que perdonaba sus errores. La vida los había llevado por altibajos y encrucijadas y, de una u otra manera, habían podido superarlos. No se trataba sino de un desafío más.

Emilia fue a visitar a Ignacio y lo encontró triste, mirando por la ventana que daba a un jardín en el que saltaban niños de escuela. Lo sorprendió diciendo:

—Ignacio, ¿cómo te sientes? Te he traído unos libros para que te entretengas.

No tuvo que decir más, él corrió a abrazarla y así permanecieron unos minutos, sin pronunciar palabra. Ignacio se sentía tan agradecido que lo único que decía era:

—Gracias, gracias...

Regina decidió matricular a Martín en la escuela. Aunque podía pasar un año más en casa, pensó que sería bueno que aprendiera italiano antes que comenzara el colegio en serio. Además, le haría bien interactuar con otros niños de su edad. Él nunca se quejaba y parecía estar muy contento con Alfredo y Regina, pero ellos no sabían cómo entretenerlo, pues tenía una energía increíble.

El primer día escolar fue difícil para Martín; los niños no entendían lo que quería decir ni él los entendía a ellos. Al llegar a su casa, se puso a llorar y pidió a sus padres que le prometieran que no regresaría allí nunca más. Regina trató de hacerle entender que poco a poco iría aprendiendo el idioma y que jugaría tan bien como lo hacía en Trujillo, en el Hogar del Niño. Pero Martín no escuchaba razones.

Regina se sintió mal y pensó que quizás se había apresurado al mandarlo a la escuela. Alfredo le decía que todo estaría bien, que le diera tiempo, pero que fuera firme. Martín tenía que ir a la escuela, aunque fuera sólo medio día. Regina pensó que si ella lo acompañaba y se quedaba allí, él se sentiría mejor y así se lo prometió.

Al día siguiente, Martín se puso muy contento al saber que su mamá estaría todo el tiempo con él. Al llegar a la escuela, una de las niñitas, que también era nueva y venía de España, se encontró con la misma dificultad que él había tenido el día anterior. Martín, tan compasivo como era, se acercó a la niña y le preguntó:

—¿Cómo te llamas? Yo tampoco hablo "taliano", pero sí habló español, como tú. Si quieres, podemos ser amigos.

La niña se puso muy contenta. Regina se preparaba a seguirlos por todos lados, cuando Martín le hizo un gesto con la mano, indicándole que podía marcharse a casa. Regina se sintió muy feliz.

XV

Los especialistas habían decidido que si Ignacio continuaba tal como estaba hasta el momento, podría dejar la clínica en una semana. Emilia se alegró al saber la noticia y preparó todo en la hacienda para el retorno de Ignacio. Hizo refacciones y plantaciones en el huerto que él tanto cuidaba. Además, arregló bien la habitación donde ellos dormían: mandó pintar las paredes de verde agua y compró cortinas nuevas. También pensó en algo en lo que no pensaba hacía años: en comprar un semental. Los caballos habían sido la pasión de Ignacio y a través de los caballos se habían conocido. Con el transcurso de los años, por uno u otro motivo esa pasión se había extinguido, pero no tenía por qué ser así. Ella reviviría algo de lo que Ignacio gozaba mucho.

Como sabía poco y nada de caballos, Emilia pensó que Ronaldo podría ayudarla, porque él también había sido bueno con ellos. Pero como por aquellos días Ronaldo estaba demasiado ocupado con su elección, decidió que sería Ignacio el que eligiera el semental. Como sorpresa, tendría el establo listo y lo llevaría a comprar el caballo. Emilia tenía todo planeado.

Ronaldo asumió el cargo de Alcalde de la ciudad de Trujillo. Adriana, junto a él, saludaba a los dignatarios que habían asistido a la ceremonia de inauguración de su cargo. Habría una gran recepción después de la inauguración. Adriana se sentía nerviosa pero trataba de no demostrarlo; quería quedar bien ante todos y sentirse a la altura de su esposo, el Alcalde de la ciudad. Le parecía un sueño hecho realidad.

Después de las celebraciones, Ronaldo y Adriana llegaron a casa exhaustos. Él estaba tan contento que besó cariñosamente a Adriana, agradeciéndole su apoyo a lo largo de la campaña electoral. Habían sido meses difíciles, pero ella no había desfallecido ante las dificultades. Quería que se sintiera bien y le ofreció llevarla de viaje para descansar y disfrutar después de tantos meses de trabajo. Adriana sólo quería estar al lado de su marido, se encontraban en una etapa muy hermosa de su vida de pareja y disfrutaban de cada instante que tenían para conocerse y apreciarse. En el poco tiempo que llevaban juntos, habían podido aprender a confiar el uno en el otro y a construir un vínculo de dependencia que les hacía gozar de su matrimonio cada día más.

Mariana estaba paseando por la Plaza de Armas, cuando vio a uno de sus criados buscándola desesperado. Imaginó lo peor: algo malo le había sucedido a María Fernanda o a Alonso. El sirviente le informó que Don Joaquín había sufrido un accidente automovilístico y que estaba en el hospital general.

Mariana llamó a Emilia y combinaron encontrarse allí. Pero al llegar, los médicos le informaron que su marido había fallecido de camino al hospital. Mariana lloró desconsoladamente. Emilia llegó enseguida y trató de tranquilizarla. María Fernanda y Alonso, que llegaron minutos más tarde, se abrazaron a ellas y lloraron la muerte de su padre.

Una semana después del fallecimiento de Joaquín, mientras Mariana paseaba con Emilia por la Plaza de Armas, la detuvo una mujer que parecía pobre por la ropa que llevaba. Mariana no la conocía, así que le extrañó que la detuviera.

La mujer dijo:

—Doña Mariana, siento mucho lo de Don Joaquín. Se lo va a extrañar mucho. Mi familia y yo le estamos muy agradecidos. Mis hijas no podrían haber ido a la universidad si no hubiese sido por él.

Mariana se quedó tan sorprendida que no atinó a decir nada. Emilia tampoco supo qué responder. Siguieron caminando, como si se hubiese tratado de una loca que hablaba tonterías. Pero Mariana se quedó pensando en las palabras de aquella mujer. Emilia también sacó sus conclusiones, pero no habló de ello con Mariana.

Al llegar a la casa de Mariana, ésta le dijo a Emilia:

—¿De qué crees que hablaba esa mujer? ¿Estaría relacionada con Joaquín? ¿Por qué hablaba de agradecerle por los estudios universitarios de sus hijas?

Emilia le dijo que no prestara atención, que se trataba de una mujer que había perdido el sentido. No debía dejar que sus palabras empañaran la imagen de Joaquín. Mariana, aunque todavía inquieta por las preguntas que tenía en la cabeza, aceptó dejar en paz el tema. Después de haber mantenido una vida ejemplar con Joaquín durante más de treinta años, no era justo que estropeara su imagen por los comentarios sin sentido de una extraña. Además, siempre sería la palabra de la extraña contra la de Joaquín, y él no estaba allí para defenderse.

Adriana estaba preparando la cena cuando se sintió tan mal que tuvo que recostarse. Pensó que iba a poder incorporarse en unos minutos, pero siguió sintiéndose mal. Se le cruzó por la cabeza lo que hacía meses venía esperando: un bebé. Llamó a su madre y se lo comentó, pero ella no quiso darle esperanzas sin estar segura y le aconsejó que se cuidara y que siguiera descansando.

Cuando llegó Ronaldo, se encontró con que Adriana estaba durmiendo. Quería llevarla a una fiesta a la que los había invitado el Decano de la facultad de Derecho de la Universidad Norteña. Aunque Ronaldo hubiera preferido descansar y quedarse en casa, pensó que debía asistir al evento; era el momento de mostrar su reciprocidad a los votantes.

Al llegar a la fiesta, Ronaldo encontró a mucha gente conocida. Todos lo trataban con respeto. Las jóvenes solteras, aunque sabían que era un hombre casado, no perdían la oportunidad para coquetear con él. Ronaldo, muy formal, escapaba de sus garras como podía. Después de la medianoche, cuando decidió retirarse, el anfitrión le insistió que se quedara y Ronaldo aceptó quedarse un rato más. Entonces llegó a la fiesta Sandra Mariátegui. Ronaldo, que se había quedado perplejo al verla, más sorprendido estuvo cuando vio que estaba con Claudia Pereira.

Sandra lo reconoció y lo detuvo diciéndole:

—¿Así que ha ganado las elecciones y es nuestro nuevo alcalde? Lo felicito.

Al enterarse Claudia que Sandra y Ronaldo se conocían, dijo:

—¿Así que se conocen? ¿Y cómo está la dulce Adriana? ¿Sigue tan cariñosa como siempre?

Ronaldo le contestó:

—¡Cómo quisiera que fueras un hombre, ya te habría hecho pagar por esas palabras!

Sandra, que no entendía nada y estaba bastante ebria, se abrazó a Ronaldo e intentó besarlo. En ese momento, Claudia, como una amante despechada, le arañó la cara a Ronaldo gritando:

—¡Ya me quitaste a Adriana! ¿Ahora quieres quitarme a Sandra?

La gente que estaba alrededor no daba crédito a lo que veía y escuchaba. Mientras las mujeres seguían haciendo escándalo, Ronaldo, sangrando por los rasguños de Claudia, salió de la fiesta rumbo a su casa. Una gran luna alumbraba la noche.

Adriana, que ya se sentía mejor, estaba en la cocina bebiendo un té y empezaba a preocuparse seriamente por su tardanza. Se llevó una fuerte impresión al verlo llegar con sangre en el rostro, pero como no supo qué pensar, lo dejó hablar. Ronaldo le contó todo. Adriana lo abrazó y le dijo que no sería fácil estar en un puesto como el suyo; ambos tendrían que ser fuertes y estar más unidos que nunca. Dios había estado siempre con ellos y no los abandonaría.

Ronaldo quería tanto a su mujer... Ella le daba la tranquilidad que necesitaba. En ese momento, Adriana le informó de su salud y de lo que presentía y Ronaldo se sintió el hombre más feliz del mundo.

Después de visitar al médico, Adriana confirmó sus sospechas: estaba embarazada de seis semanas. El doctor le anticipó que tendría que permanecer en cama la mayor parte del embarazo debido a su historial médico: siempre había sido una jovencita enfermiza y débil. Ronaldo prometió al médico que cuidaría de su esposa y que haría lo posible para que pasara el embarazo en completo reposo. Pero eso era muy difícil de lograr. ¿Cómo estar todo el día en cama? Adriana tuvo que acostumbrarse a la idea.

En Florencia, Martín crecía feliz. Renata y Fiorella visitaron a su medio hermano, le llevaron juguetes y golosinas y salían a menudo a pasear con él. Alfredo gozaba viendo que se divertían juntos. Martín era el niño más dulce del mundo.

Como Ignacio se había recuperado, Emilia le propuso que se dedicara a la crianza de caballos pura sangre y él se entusiasmó con la idea. Al mismo tiempo, sorprendió a Emilia con un proyecto que había tenido en la clínica: salir del país. Pensaba que era el momento adecuado para que él y Emilia estuvieran más cerca de Regina.

Emilia apreciaba el sentir de Ignacio, era cierto que ella extrañaba muchísimo a su hija. Ignacio también quería poder pasar más tiempo con ella, ya que la quería como si fuera su hija, y según él, lo era. Con respecto a eso, Ignacio se había mantenido firme a través de los años. Emilia pensó que acaso podrían hacer ambas cosas: mudarse a Italia y criar caballos a la usanza trujillana. Ignacio saltó de la alegría al escuchar la sugerencia de Emilia. Había leído de la exportación de caballos y ganado trujillano. La idea era genial. Tendrían que encontrar el lugar más apropiado en Italia. Aunque les habría encantado vivir en Florencia, una región más cercana al mar no sólo los beneficiaría a ellos, sino también a los caballos. Pedirían a Alfredo y Regina que los ayudaran a escoger el lugar.

Regina se alegró muchísimo al saber que Emilia e Ignacio pensaban mudarse a Italia. La idea de tener a su madre más cerca la llenaba de entusiasmo. Siempre habían sido muy unidas y la extrañaba mucho, aunque no se lo decía para no hacerla sentir mal. La había extrañado desde el momento mismo en que había dejado Trujillo. Además, Alfredo la quería mucho; el lugar que Emilia ocupaba en su familia era muy importante ya que sus padres habían fallecido cuando él era apenas un adolescente. Regina y Alfredo les prometieron ayudarlos a encontrar el lugar más adecuado para vivir y llevar a cabo su proyecto.

Y pronto Alfredo encontró el sitio perfecto: Pésaro. No sólo estaba a la orilla del mar, sino que también era de fácil acceso desde Roma y desde otras zonas de Italia. Por lo demás, a él y a Regina les encantaba el lugar y consideraban que era ideal para pasar allí las vacaciones con Martín.

Emilia se puso muy contenta al enterarse de que ya tenían el lugar elegido e Ignacio preparó los documentos necesarios para trasladar los caballos. Por el momento sólo llevarían dos: una yegua, Centinela, y un macho, Tardío. Más adelante podrían llevar otros más. Emilia pensó en dejar a Marita a cargo de la hacienda; ella le había mostrado lealtad a lo largo de los años. No vendería su casa porque pensaba que podría pasar unos meses en Italia y otros en Trujillo. Además, era todo lo que tenía y conservarla la hacía sentirse segura.

Al llegar a Pésaro, Emilia e Ignacio se sintieron como en casa. El clima era divino y la gente, muy hospitalaria. No les costó trabajo acostumbrarse a vivir allí. El paisaje era precioso; se sentaban horas en la terraza de la pequeña villa que habían comprado a contemplar el atardecer.

Regina prometió a Emilia que la visitarían apenas Martín terminara el ciclo lectivo. Aunque estaba muy ocupada arreglando su nueva casa, Emilia no podía esperar, contaba los días que faltaban para volver a ver a su hija y a su nieto. Cuando vivía en Trujillo y estaba más lejos, podía soportar la distancia y no ver a su hija, pero ahora, aunque estaba más cerca, se le hacía muy difícil la espera del reencuentro. Ignacio también ansiaba ver a Regina y a Martín, pensaba en las cosas que podría hacer con él, como mostrarle los caballos y enseñarle a montar.

En Trujillo, Ronaldo estaba realizando una gran labor en su función. Aunque era el alcalde más joven que había tenido Trujillo, hacía su trabajo con el empeño y la dedicación de un hombre mayor. Adriana habría preferido poder ayudarlo, pero desde casa y en reposo le resultaba difícil participar de sus actividades. De cualquier manera, Ronaldo contaba con el apoyo moral de su esposa.

Para aprender italiano, Emilia se inscribió en un instituto ubicado a sólo unas cuadras de su casa. Estaba muy entusiasmada por absorber todo lo que la cultura de ese nuevo país le podía ofrecer. Se empapaba de cuanto podía: leía sobre arte, asistía a exposiciones, visitaba museos y escuchaba conciertos. Cada día era un día de descubrimiento. Y como la gente era muy cálida, rápidamente congenió con varias personas de su clase y empezó a frecuentarlas. Salían juntos después de clase y se pasaban horas hablando y riendo. Emilia habría querido que Ignacio también se entusiasmara por ir a clases con ella, pero él tenía otros intereses. Se había propuesto tener el establo en marcha para cuando tuviera lugar la feria agropecuaria que se realizaba anualmente en la ciudad. Emilia no le insistía porque no le parecía urgente que Ignacio aprendiera el idioma: entendía bastante bien y se desenvolvía sin problema cuando estaba solo en la calle. Lo único que extrañaba a Emilia era que Ignacio perdiese la oportunidad de disfrutar momentos tan amenos como los que ella pasaba con sus nuevos amigos.

Con el paso de los meses, los amigos de Emilia llegaron a formar parte muy importante de su vida. Salían a menudo durante los fines de semana. Además, como todos eran extranjeros, tenían un vínculo muy fuerte que los mantenía unidos. Cuando Emilia tenía alguna duda o decisión que tomar, se reunía con ellos y juntos la ayudaban a decidir. Y como era de esperarse, en un momento que Emilia no pudo detectar, uno de sus amigos empezó a enamorarse de ella. Se trataba de un argelino de unos sesenta años que se llamaba Ahmad Hesanin. La llamaba y quería verla, aun cuando los demás no pudieran reunirse. Emilia aceptaba sus invitaciones sin pensar que estuviera interesado en ella de manera personal. Pero como Ahmad sentía que su edad le daba el derecho a ser directo, decidió expresar sus sentimientos.

Un día en que Emilia y él estaban tomando un café después de clase, le dijo:

—Emilia, eres una persona muy especial. Quiero conocerte mejor, pero no en grupo, sino a solas.

Emilia no podía creer lo que escuchaba. Muy respetuosamente le dijo que tenía a una persona muy especial en su vida y que, aunque disfrutaba de su compañía, no estaba interesada en nada más que en una relación amistosa.

Ahmad tomó la respuesta de Emilia de mala manera, acusándola de haberlo hecho perder el tiempo, de haber correspondido a sus atenciones y luego hacerse rogar. Emilia empezó a enfurecerse; ella nunca le había brindado una atención especial; lo había tratado exactamente como a cualquiera de sus amigos. Pensó que no valía la pena discutir y que sería mejor perder a Ahmad como amigo. Si iba a convertirse en enemigo, convendría tenerlo lejos. Así que se levantó y se despidió sin darle más explicaciones.

Después de lo sucedido con Ahmad, Emilia trató de ser más cuidadosa con la impresión que daba a los demás, especialmente a los hombres, pues muchas veces entendían la intención de una mujer de manera completamente desviada. Emilia se sentía muy tonta aprendiendo una lección como aquella a su edad.

Regina llegó a Pésaro y llevó consigo a Martín. Alfredo no había podido acompañarlos porque tenía clases y se encontraban en período de exámenes. Regina encontró la villa muy linda. Su madre había decorado todo con mucha gracia: cada rincón de la casa era acogedor e invitaba a quedarse. Además, había designado un área especial para que Martín jugara e hiciera de las suyas. Incluso había dejado uno de los muros sin pintar y había comprado pintura de colores para que él mismo dibujara lo que quisiera. Martín no lo podía creer: ¡podía pintar toda una pared! Era el niño más contento de la tierra. Pero entonces se acordó de Ignacio y preguntó por él. Emilia le dijo que estaba trabajando muy duro con una sorpresa que quería darle. Martín, entusiasmado con la idea de otra sorpresa, dejó la pintura y los pinceles y corrió a buscarlo, tan aprisa que hasta se tropezó en las escaleras, afortunadamente sin consecuencias.

Ignacio lo esperaba afuera para llevarlo a su establo, que estaba a una hora de la villa. Regina y Emilia se unieron a la expedición y, juntos, salieron rumbo al establo. Martín gritaba de emoción y no había manera de calmarlo. Regina estaba tan contenta de ver a su hijo feliz... Emilia le decía que había crecido mucho. Era maravilloso ver que disfrutara tanto de todo: hacía mil preguntas, miraba por la ventana, apreciaba cada paisaje y cada viraje del auto.

Al llegar al establo, Martín saltó de emoción. Ignacio le mostró a Centinela y a Tardío. Le dijo que siempre podría montar el caballo que escogiera. Martín no quería escoger porque se sentía mal por el caballo que no fuera elegido. Le dijo a Ignacio que era como cuando él estaba en el orfanato y la gente venía a llevarse a uno de los huérfanos: los niños que no habían sido escogidos se sentían muy mal. Al escuchar eso, Regina y Emilia se conmovieron mucho. Martín era un niño muy especial. Ignacio le prometió que los caballos tomarían turnos para que él los montase. A Martín le encantó la idea.

Llegó el día en que Adriana iba a dar a luz, pero no presentaba ninguna señal de contracciones. Después de examinarla, el médico le dijo que tendrían que hacerle una cesárea porque el bebé se encontraba atravesado. Ronaldo estaba preocupado por Adriana y por el bebé, pero los médicos le aseguraron que todo saldría bien. Marita, que estaba con él, trataba de tranquilizarlo. Así, después de varias horas, Adriana tuvo un lindo bebé.

Ya en su habitación, Adriana recibió a Ronaldo. Ambos habían decidido llamarlo Juan Luis, y Marita, que entró enseguida a conocerlo, les dijo que era un nombre muy hermoso. Aunque Ronaldo habría querido pasar más tiempo junto a su mujer y a su hijo recién nacido, tuvo que regresar a su oficina porque tenía muchísimo trabajo que hacer.

Al regresar a casa, Adriana se dedicó de lleno al cuidado de su bebé. Llamó a su madre para que la ayudara. Aunque Adriana contaba con sirvientes en su casa, su madre era de gran apoyo. Pero poco a poco Adriana empezó a estar más preocupada por el bienestar de su hijo. No importaba lo que los demás le dijeran, ella sentía que su niño peligraba y no aceptaba razones. El doctor Zambrano, que también había sido médico de su madre, le pedía que se relajara y que permitiera que los criados e incluso su propia madre la ayudaran. La crianza de un bebé era difícil pero no imposible. Pero Adriana estaba empecinada en que la única que podía cuidar de su bebé era ella, así que no descansaba y estaba exhausta.

Ronaldo empezó a preocuparse seriamente por la actitud de su mujer. Lamentablemente, por lo ocupado que estaba en la oficina, sólo la veía un momento en la mañana y otro en la noche.

Las cosas empeoraron un día en que Marita fue a visitar a Adriana y a su nieto y la encontró furiosa con uno de los criados. Tenía la mirada perdida; llevaba al bebé en brazos y parecía que iba a caérsele de un momento a otro. Además, ella, que siempre había gustado de estar bien arreglada, estaba en camisa de dormir, con zapatillas y despeinada. Fue una escena triste para Marita, pues se dio cuenta de inmediato de que su nuera necesitaba ayuda. Así que llamó a Ronaldo y le dijo que era urgente que Adriana recibiera atención y que su oficina podría sobrevivir sin él, pero no su esposa. Al escuchar a su madre, Ronaldo se sintió culpable de la situación en la que se encontraba Adriana; nada era más importante para él en el mundo que su familia.

Ronaldo llevó a Adriana a ver a un médico recomendado por el doctor Zambrano. El diagnóstico del doctor Arteaga fue bastante optimista; lo que tenía Adriana era una leve depresión, muy común en madres primerizas, debida al desequilibrio hormonal sufrido después del alumbramiento. Adriana apenas necesitaría una mínima dosis de tranquilizantes, pero ante todo debía relajarse y distraerse. Ronaldo prometió a su esposa que estaría todos los días temprano en la casa para que ella pudiera hacer lo que quisiera, sin tener que preocuparse del bebé.

Al comienzo, Adriana no confiaba en que Ronaldo, Marita o su propia madre fueran capaces de reemplazarla. Pero paulatinamente se fue acostumbrando a la idea de contar con ellos y, también, a tener más tiempo para descansar. Como disponía de muchas horas, decidió enrolarse en la universidad y seguir estudios de psicología enfocados en la maternidad. Trató de comprender lo que le sucedía y a partir de esa comprensión educar a otras mujeres. De alguna manera, y sin proponérselo, había encontrado su llamado. Sí, el Señor le había mostrado el camino.

Ronaldo se alegraba de ver que Adriana no solamente había superado su problema, sino que también había sabido canalizarlo para ayudar a los demás. La amaba más que nunca, era el ser más querido en su vida; haría crecer ese amor por siempre. Vivir con Adriana era vivir en la verdad de las cosas, siguiendo siempre su corazón. Qué dichoso se sentía.

En Pésaro, mientras tanto, Regina estaba contenta de ver cuánto se había adaptado su madre a su nuevo mundo. Era increíble que estuviera ya establecida y que se sintiera tan a gusto con la gente y con el idioma. Al mismo tiempo, veía que, por el contrario, Ignacio se mantenía alejado de la cultura que lo acogía. Vivía exactamente como si estuviese en Trujillo y no hacía el menor esfuerzo por integrarse a su entorno. Regina pensó que no debía entrometerse en la vida de Ignacio, así que no dijo nada. Él estaba contento viviendo como lo hacía, teniendo a Emilia a su lado y cuidando de sus caballos.

Después de haber pasado una semana en Pésaro, Regina y Martín regresaron a Florencia. Emilia se apenó mucho, pero entendía que así era como tenían que ser las cosas. Antes de partir le prometieron que volverían pronto y que se quedarían más tiempo. Además, la animaron para que un día se apareciera en Florencia. No tenía que planear tanto su viaje, sino que simplemente debía coger una maleta y subirse al avión. En Florencia tenían una habitación que siempre sería suya y de Ignacio. Regina aprovechó la oportunidad para decirle a su madre cuánto apreciaba que Ignacio estuviera con ella y que sabía cuánto se querían. Estaba convencida de que el hecho de que la vida hubiese hecho que se reencontrasen después de tanto tiempo significaba que se merecían el uno al otro. Emilia se sintió muy contenta de hablar con su hija de esa manera adulta, era la primera vez que lo hacían. ¡Cómo deseaba que Ignacio hubiese estado con ellas para que escuchara a Regina hablar de cosas tan lindas sobre ellos dos! Madre, hija y nieto se despidieron. Lloraron un poco, pero al final se alegraron por una ocurrencia de Martín, que no cesaba de impresionarlas con sus gestos y detalles.

Aunque Ignacio parecía feliz, en el fondo sentía que le faltaba lo suyo. No compartía sus sentimientos con Emilia, sino que se los guardaba en su interior. Extrañaba su ciudad, su gente, su comida y su idioma. No podía negar que todos le sonreían en la calle y que la gente de Pésaro era muy amable, pero no podía dejar de extrañar su lugar y sus costumbres. Como sabía que Emilia estaba muy entusiasmada con la idea de vivir cerca de su hija, no decía nada, pero añoraba regresar a Trujillo. Al fin y al cabo, Ignacio era un hombre sencillo, que había visto poco y que no era refinado ni culto.

Así, sin que Emilia lo supiera, empezó a visitar uno de los bares del pueblo. Era increíble que, incluso sin dominar el idioma, permaneciera allí durante horas, en compañía de completos extraños. Sabía que se hacía mal, pero, una vez más, no podía controlar el vicio que en el pasado se había apoderado de él.

Emilia descubrió que Ignacio había vuelto a beber cuando encontró botellas vacías en su habitación. Lo confrontó, pero no pudo conseguir mucho de él. Después de todas las vivencias que habían tenido juntos, después de haberse recuperado mutuamente y comprometido a continuar juntos, la indignaba que el alcohol tuviera que entrometerse una vez más en sus caminos. No sabía cómo lidiar con Ignacio; ahora le era mucho más difícil hacerse cargo de la situación. En Trujillo por lo menos se movía en su propio medio, pero aquí todo le era nuevo. ¿Dónde y a quién pedir ayuda? No sabía si confiar en sus amigos; eran muy buenos pero le avergonzaba la idea de que se enteraran del tipo de hombre que era Ignacio.

Emilia pensó entonces en dejar a Ignacio, terminar la relación, aun sabiendo que de alguna manera su vida estaba junto a él. Muchas noches lloraba aborreciendo el momento en que lo había conocido. Pero también se decía que la suya había sido una relación torcida desde el comienzo y que ahora no le quedaba sino soportar y aceptar lo que viniera. Si algo le había enseñado la vida, era que las decisiones tomadas determinan el destino y que, no importa cuánto tiempo transcurra, las consecuencias de las propias acciones nos alcanzan siempre, aunque intentemos escapar de ellas. Si por momentos nos parece que logramos evadirlas, se trata de una ilusión momentánea; lo que lanzamos al cielo siempre cae de regreso, tarde o temprano. Así que Emilia sabía que estaba destinada a lidiar con Ignacio y él con ella. Y pese a todo lo malo y difícil, la suya era una relación muy fuerte, que había sobrevivido el tiempo y las adversidades. Aunque en un principio había sido una relación prohibida y clandestina, con el correr de los años se había transformado en un vínculo imprescindible y sólido.

Los pensamientos de esta clase la invadieron, como solía suceder cuando tenía un problema. Se preguntaba si habría valido la pena darle cabida al argelino. Una mujer de su edad, a los cincuenta y tres años, podría conseguir a alguien en Pésaro, en Trujillo o en cualquier parte del mundo. Pero su corazón le decía que debía resignarse a vivir con Ignacio, aunque cada vez que llegaba de sus clases se encontraba con que él ya estaba durmiendo y no le preguntaba dónde había estado durante todo el día.

Así pasaron varias semanas. Pero un día, mientras Emilia caminaba con sus amigos, vio que uno de ellos se hacía a un costado, tratando de esquivar algo que le impedía continuar su camino...

Allí yacía él, maloliente, ebrio, vestido con un traje raído y sucio que daba la impresión de no haber sido lavado en meses. Inconsciente, permanecía sin percatarse de lo que sucediera a su alrededor. La policía no lo quería allí pero nadie se atrevía a tocarlo. Era un estropajo, una aberración humana. ¿Lo despertaría? ¿Reaccionaría y se pondría violento? ¿Recordaría quién era ella? ¿Por qué era que su vida había estado siempre supeditada a las acciones y reacciones de Ignacio?

Suavemente, le movió el hombro y le dijo con dulzura:

—Despierta, Ignacio. Vamos a la casa. Va a venir la policía y te va a llevar a la cárcel. Despierta.

Ignacio despertó ante las sacudidas que le daba Emilia.

—¿Qué sucede? ¿Ya es de madrugada? ¿Por qué me despiertas tan temprano? Hoy es sábado y no tengo clases, la universidad está cerrada. Déjame dormir, no seas mala. Hay luna llena y parece que estuviese amaneciendo, pero apenas si serán las cuatro.

Emilia se sorprendió al ver que estaba en su habitación y que había tenido una pesadilla. Una pesadilla que parecía haber durado toda una vida, entre aventuras, tortura, idilios, muerte y todas las emociones que jamás pensó que pudieran existir.

Agotada por aquella intensa pesadilla, no pudo volver a conciliar el sueño. Se sentó en la cocina de su linda casa de Sevilla y empezó a hojear las páginas de su álbum de fotos familiares.

Miró fotos de su boda con Ignacio, rodeados de sus amigos, en Marsella. Ignacio había sido compañero de clase de su hermano mayor, Rodrigo. Mirando la foto nuevamente, vio que ambos se veían muy jóvenes. Ella se había casado a los dieciocho años, cuando apenas había terminando la escuela secundaria, e Ignacio tenía veintidós años. Había también una linda foto de sus padres, sus tíos y su prima Mariana el día que Ignacio y Emilia habían dejado Trujillo para viajar a Francia porque él había ganado una beca. También vio fotos de cuando Ignacio se graduó de maestro de arte y escultura en la Sorbonne. Hojeó fotos de Estuardo, su único hijo. Había una en la que estaba corriendo en la cocina de su casa con los zapatos de Ignacio, cuando tenía apenas tres años.

En ese momento sonó el teléfono. Era precisamente Estuardo, que la llamaba desde Valencia. Su esposa, Maritrina, había dado a luz a una hermosa bebita. Todavía agitado por la emoción, Estuardo preguntó a su madre:

—¿Qué nombre le ponemos? Hemos pensado en tantos... pero ninguno nos satisface.

Emilia le contestó:

—Llámenla Regina.

Manufactured By: RR Donnelley
Momence, IL USA
November, 2009